楚辭要籍叢刊

主編 黄靈庚

楚辭釋

【清】王闓運 撰

黄靈庚 點校

上海古籍出版社

本書爲「十三五」國家重點圖書出版規劃項目
本書爲二〇一一—二〇二〇年國家古籍整理出版規劃項目
本書爲二〇一九年國家古籍整理出版資助項目
本書爲浙江師範大學中國語言文學一流學科建設成果
本書爲教育部人文社會科學規劃基金項目成果

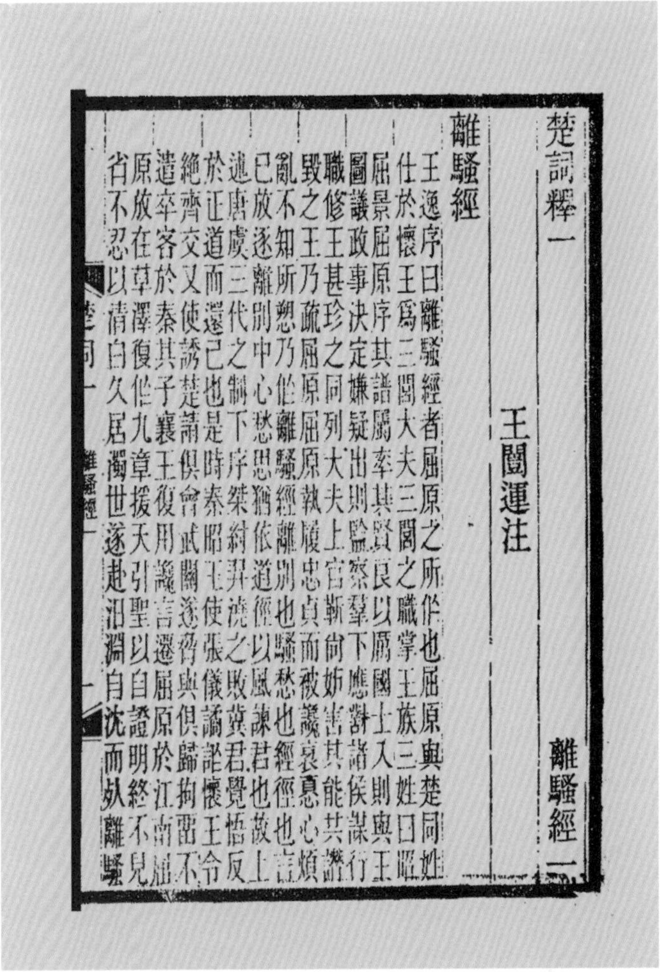

楚詞釋一　　　　　　　　離騷經　一

王闓運注

離騷經

王逸序曰離騷經者屈原之所作也屈原與楚同姓仕於懷王爲三閭大夫三閭之職掌王族三姓曰昭屈景屈原序其譜屬率其賢良以厲國士入則與王圖議政事決定嫌疑出則監察羣下應對諸侯謀行職修王甚珍之同列大夫上官靳尙妒害其能共譖毀之王乃疏屈原屈原執履忠貞而被讒衺憂心煩亂不知所愬乃作離騷經離別也騷愁也經徑也言已放逐離別中心愁思猶依道徑以風諫君也故上述唐虞三代之制下序桀紂羿澆之敗冀君覺悟反於正道而還己也是時秦昭王使張儀譎詐懷王令絕齊交又使誘楚請俱會武關遂脅與俱歸拘留不遣卒客於秦其子襄王復用讒言遷屈原於江南屈原放在草澤復作九章援天引聖以自證明終不見省不忍以清白久居濁世遂赴汨淵自沈而死離騷

清光緒二十七年辛丑衡陽《湘綺樓全書》刊本《楚辭釋》書影

楚辭要籍叢刊導言

黄靈庚

楚辭首先是詩，與詩經是中國詩歌史上的兩大派系，好比是長江與大河，同發源於崑崙山，然後分南北兩大水系。大河奔出龍門，一瀉千里，蜿蜒於中原大地，孕育出帶上北國淳厚氣息的國風；而長江闖過三峽，九曲十灣，折衝於江漢平原，開創出富有南國絢麗色彩的楚辭。「楚辭」這個名稱，始於漢代，是漢人對於戰國時期南方文學的總結。「楚辭」既指繼承詩經之後，在南方楚國發展起來的新體詩歌，標誌着中國文學又進入了一個輝煌的時代；又是中國詩歌由民間集體創作進入了詩人個性化創作的時代，而屈原無疑是創作這種新歌體的最傑出的代表，創造出了「驚采絕豔，難與並能」的離騷、九歌、天問、九章、遠遊、卜居、漁父等不朽的名作。

屈原的弟子宋玉、景差及入漢以後的辭賦作家，承傳屈原開創的詩風，相繼創作了九辯、招魂、大招、惜誓、招隱士、七諫、哀時命、九懷、九歎、九思等摹擬騷體之作，被後世稱之爲「騷體詩」。據説是西漢之末的劉向，將此類詩賦彙輯成一個詩歌總集，取名爲「楚辭」。再以後，東漢王逸爲劉向的這個總集做了注解，這就是至今還在流傳的王逸楚辭章句十七卷的本子，是現存的最早的楚辭文獻，也是我們今天學習楚辭最好的讀本。

「楚辭」之所以名「楚」，表明了所輯詩歌的地方特徵。宋黄伯思業已指出，「蓋屈、宋諸騷，皆書楚語，作楚聲，紀楚地，名楚物，故可謂之『楚詞』。若些、只、羌、誶、蹇、紛、侘傺者，楚語也；頓挫悲壯，或韻或否者，楚聲也；沅、湘、江、澧、修門、夏首者，楚地也；蘭、茝、荃、葯、蕙、若、蘋、蘅者，楚物也；他皆率若此，故以『楚』名之」。其雖然説出了「楚辭」所以名「楚」的緣由，而没有進一步指出名「辭」的來歷。辭，也可以寫作「詞」。楚辭詩句之中都有感歎詞「兮」字。這個「兮」字，古人統歸屬於「詞」，古音讀作「呵」，是最富於表達、抒發詩人的情感的感歎詞。這也是楚辭句式的顯著特點。「楚辭」之又所以稱「辭」，是與用了這個「兮」字有關係。

楚辭的句式比較靈活，四言、五言、六言、七言不等，參差變化，不限一格，一改詩經以四言爲主的呆板模式。詩經的篇章結構以短章重疊爲主，短則數十字，長則百餘字，内容相對單一，只截取生活中一個片斷，無法敘述比較複雜、曲折、完整的故事。楚辭突破了這個局限，像離騷這樣的宏篇巨製，洋洋灑灑，三百七十三句，二千四百九十字，至今仍是最偉大的浪漫主義抒情長詩，表現了詩人自幼至老、從參與時政到遭讒被疏，極其曲折的生命歷程；撫今思古，上天入地，抒瀉了在較大時空跨度中的複雜情感。從音樂結構分析，楚辭和詩經一樣，原本都是配上音樂的樂歌。詩經只是一遍又一遍的短章重複演奏，而楚辭有「倡曰」、「少歌曰」、「重曰」，表示樂章的變化，比詩經豐富得多。最後一章，必是衆樂齊鳴，五音繁會，氣勢宏大的「亂曰」。

楚辭的地方特徵，不僅僅是詩歌形式上的變化和突破，更重要的在於精神内容方面的因素。南國楚地三千里，風光秀麗，山川奇崛，楚人既沾濡南國風土的靈氣，又秉習其民族素有「剽輕」的遺風，陶鑄了楚人所特有的品格。楚辭更是「得江山之助」，在聲韻、風情、審美取向、精神氣質等方面，無不深深地烙上了南方特色的印記，染上了濃厚的「巫風」、神怪氣象，動輒駕龍驂鳳，驅役神鬼，遨遊天庭，無所不至。至其抒發情感，激越獷放，一瀉如注，較少淳厚平和的理性思辨，和中原文化所宣導的「不語怪力亂神」、「温柔敦厚」風氣比較，確實有些區別。

屈原是一位富於創造精神的文化巨匠，他置身於大河、長江的崑崙源頭，俯視於南北文化交融的臨界綫。一方面既保持着楚人特有民族性格，自强不息的精神面貌，富有想象的浪漫情調；另一方面又廣泛吸取、融會中原的理性思想，繼承詩經的道德傳統精神。故而在他的作品中，儘管有大江兩岸、南楚沅湘的旖旎風光、濃豔色彩，但幾乎不曾提到楚國的先王先賢，而連篇累牘的都是爲中原文化所公認的歷史人物：堯、舜、禹、湯、啓、后羿、澆、桀、紂、周文王、武王、皋陶、伊尹、傅説、比干、吕望、伯夷、叔齊、甯戚、伍子胥、百里奚等。在屈原的神話傳説中，除九歌中的湘君、湘夫人、山鬼三篇外，像太一、雲中君、東君、司命、河伯、女岐、望舒、雷師、屏翳、伏羲、女媧、虙妃等，都不是楚國固有的神靈，也没有一個是楚人所獨有的神話故事。離騷開頭稱自己是「帝高陽之苗裔」，高陽是黄帝的孫子，其發祥之地，在今河南省的濮陽，不也是中原人的先祖嗎？總之，楚辭是承接詩經之後的一種新詩體，二者同源於大中華文化，是不能割切開來的。更不能説，楚辭是獨立於中華文化以外的另一文化系統。如果片面强調楚辭的地域性、獨立性，也是不妥當的。

楚辭對於後世文學創作的影響是非常巨大的，像司馬遷、揚雄、張衡、曹植、阮籍、郭璞、陶淵明、李白、杜甫、李賀、李商隱、蘇軾、辛棄疾等各個歷史時期的名家巨子，沿波討源，循聲得實，都不同程度地從屈原的辭賦中汲取精華，吸收營養，形成了一個與詩經並峙的浪漫主義傳統的創作風格。在中國文學史上，後世習慣上説「風、騷並重」，指的是現實主義和浪漫主義的兩大傳統精神。由此想見，屈原對於中國文學的偉大貢獻是無與倫比的，屈騷傳統精神更是永恒不朽的。

正因如此，研究中國詩學，構建中國文學史及中國文化史，楚辭無論如何是繞不開的。而讀楚辭、研究楚辭，必須從其文獻起步。據相關書目文獻記載，自東漢王逸楚辭章句以來至晚清民初的兩千餘年間，各種不同的楚辭注本大約有二百十餘種。綜觀現存楚辭文獻，大抵以王逸章句與朱熹集注爲分界：在朱熹集注以前，基本上是承傳王逸章句，而明、清以後，基本上是承傳朱子集注。由我主編且於二〇一四年國家圖書館出版社出版的楚辭文獻叢刊，輯集了二百〇七種，應該蒐録的注本，基本上已彙輯於其中了。遺憾的是，由於這部叢書部帙巨大，發行量也極有限，普通讀者很難看到。且叢書爲據原書的影印本，没作校勘、標點，對於初學楚辭者,尤爲不便。

有鑑於此,我們與上海古籍出版社合作,從中遴選了二十五種,均在楚辭學史上具有影響,爲楚辭研究者必讀之作,分别予以整理出版,滿足當下學術研究的需要,而顔之曰楚辭要籍叢刊。其二十五種書是:漢王逸楚辭章句,宋洪興祖楚辭補注,宋朱熹楚辭集注,宋吴仁傑離騷草木疏,清祝德麟離騷草木疏辨證,宋錢杲之離騷集傳,明汪瑗楚辭集解,明陸時雍楚辭疏,明周拱辰離騷草木史,明陳第屈宋古音義,明黄文焕楚辭聽直,清林雲銘楚辭燈,清王夫之楚辭通釋,清丁晏楚辭天問箋,清蔣驥山帶閣注楚辭,清戴震屈原賦注附初稿本,清胡濬源楚辭新注求確,清陳本禮屈辭精義,清劉夢鵬屈子楚辭章句,清朱駿聲離騷賦補注,清王闓運楚辭釋,清馬其昶屈賦微附初稿本屈賦哲微,日本西村時彦楚辭纂説、屈原賦説,日本龜井昭陽楚辭玦等。參與點校者,皆多年從事中國古典文獻研究、尤其是楚辭文獻研究,是學養兼備的「行家裏手」,其對於所承擔整理的著作,從底本、參校本的選定,出校的原則及其前言的撰寫等,均一絲不苟,功力畢現,令人動容。但是,由於經驗、水平不足,受到各種條件限制(如個别參校本未能使用),且多數作品爲首次整理,頗有難度,因而存在各種問題,在所難免,其責任當然由我這個主編來承擔。敬請讀者批評指瑕,便於再版改正。

前言

黄靈庚

楚辭釋是清王闓運所作。闓運字壬秋，號湘綺，湖南湘潭縣人。自幼刻苦勵學，寒暑無間，經史百家，靡不誦讀。箋注鈔校，日有定課，遇有心得，隨筆記述，闡明奥義，中多前賢未發之覆。咸豐三年癸丑舉人。初館山左巡撫崇恩；入都，就尚書肅順聘，已而參曾國藩幕府。自負奇才，所如多不合，乃退息無復用世之志。唯出所學以教後進，先後任四川尊經書院、長沙思賢講舍、衡州船山書院山長，江西高等學堂總教。光緒三十四年戊申，特授檢討，加侍讀。入民國，嘗一領史館。著書以經學爲多，學宗今文，以抉發微言要義爲主，有周易説十一卷，尚書義三十卷，尚書大傳七卷，詩經補箋二十卷，禮記箋四十六卷，春秋公羊傳箋十一卷，穀梁傳箋十卷，周官箋六卷，論語注二卷，爾雅集解十六卷，又墨子莊子鶡冠子義解十一卷，湘軍志十六卷，湘綺樓詩文集三十卷及日記等。事載清史稿卷四八二儒林傳。

王氏自稱「我年十五讀離騷，塾師掣卷飄秋葉」（見憶昔行與胡吉士論詩因及翰林文學），於楚辭獨有所鍾。據其與裴蔭森之書云：「行年五十，始欲自如。道中注楚詞廿五卷，頗疑屈生远游未忘情於侍從，將古無獨往之轍，抑生有衣食之累乎？」又云：「去歲又著楚詞注廿五卷，方付蜀局，剞劂未畢。廿年所研討略已宣矣。嘗謂生平撰述，當俟百年後有力者开局校刊。今为門生迫索，已出其半。除詩文決不發刻，諸經注尚有應改者，定本爲難，他日仍須自刻，殊違初願也。」則是書初名「楚詞注」，成於光緒九年癸未。凡十一卷：離騷卷一，九歌卷二，天問卷三，九章卷四，遠遊卷五，卜居卷六，漁父卷七，七篇皆屈子所作。九辯卷八，招魂卷九，二篇宋玉所作。大招卷十，景差所作。卷十一附宋玉高唐賦。其所輯者皆屈、宋、景之作，未預漢人擬作矣。卷首無序跋、目録、凡例。每卷之首，先引東漢叔師序，而後次其釋義。字句訓釋，則直陳其義，無旁招遠引之繁絮矣。

王氏大略以單行王逸楚辭章句（簡稱章句）爲藍本，故文字多同單行章句，然未審其所據本。首以離騷稱「經」之義，謂「猶『消摇游』以三字爲名。史公不容，翦去『經』字，而云『作離騷』也。屈子此作，託於詩之一義，故自題爲『經』。言此離騷乃經義，百代所不變也」。其説迂曲矣。離騷稱「經」，當是漢人尊之。史遷作傳之時，猶未稱「經」，而非史遷去之矣。據是一端，見其才龘氣浮，心傲神狠，睥睨古今，開口便知是謬言矣。

王氏以騷之作時，定在頃襄王之世。云：「初，懷王疏原，後見困於秦，復用原計，爲黄棘之會。秦、楚通和，太子出質，已怨原矣。」「懷王留秦不得歸，而大臣欲立他子，昭睢不從，乃迎横立之，是爲頃襄。時原年四十有六，名高德盛，新王初立，勢不能不與原圖事。原乃結齊款秦，薦列衆賢，詆毁用事者。衆皆患之，乃譖以爲本欲廢王，又以懷王得反，將不利王及令尹。王積前怒，固欲遠之，而無以爲名。因是誣其貪縱專恣，放之江南，而反以忘讎和秦爲其罪。原因託其所薦達者於令尹，而所薦者趨時易節，附和阿俗，國事大變。原忠憤悲鬱，無所訴語，故行吟湖皋，作爲此篇。不敢斥王之不孝，乃致切怨於子蘭。懷王既薨，新王定立，以即位恩澤，釋原自便，原復還國。而子蘭得見此詞，乃始大怒原，使靳尚誣以款秦誤國，復徙之於沅。徙十六年而楚亡郢，乃悉舒其憤而作九章焉。凡楚詞二十五篇皆作於懷王客秦之後，初無怨己不用之事，要必先明離騷經反復之文，然後知之。」王氏此説，發聵震聾，即推倒史遷疏而作離騷之載，蓋據「先明離騷經反復之文然後知之」者，然謂「反以忘讎和秦爲其罪」、「新王定立，以即位恩澤，釋原自便，原復還國」云云，史載闕如，是其推測杜撰之詞。騷之作於頃襄之世，求之篇内「濟沅湘」云云，文獻有徵矣。至於作年，則文獻不足徵，宜存疑而闕之。而九章諸作不盡皆作於頃襄之世，若抽思「來集漢北」，思美人「指嶓冢之西隈兮，與曛黄以爲期」，皆不在江南，且與頃襄王事亦無涉矣。

王氏據是注騷，發明隱微託寓之義，皆繫結於懷、襄二王，處處有本，字字有實，爲聞所未聞。如，注「汩余若」云：「汩，疾也，不及送喪之皃。懷王客秦，旦夕不忘欲返，故若不及，而常恐老死。」又，注「春與秋其代序」云：「言新君代故君也。忽然不留，無念故王者。」又，注「惟草木」云：「草喻新進者，木喻在位者。零落，無賢材也。國無賢材，恐王久客而不反。」又，注「雜申椒」云：「椒、桂，木類，以喻世臣。時楚用事者，疑原引新進以傾己，故自明其志，亦以勸曉令尹、上官，消其嫉妬也。」又，注「恐皇輿」云：「皇，懷王也。出，故言輿已敗績矣。復恐者，黨人欲陷懷王，乃以絶秦力戰爲名，誣原畏死，故恐其敗。」又，注「荃不察」云：「荃，芥孫。中情欲反王，以成新君之功業，反蓄前怨，疾怒以爲將廢己也。芥爲膾主，故以喻君，以荃喻嗣王也。」又，注「夫唯靈修」云：「靈修善治，言欲成嗣王之孝。」又，注「成言」云：「頃襄約原反王之謀也。」又，注「願竢時」云：「俟秦可伐之時，乃決用兵，言非主款秦也。」又，注「擥木根」云：「茝、蕙，原所薦未退者也。改申椒言木根者，詞不欲太顯耳。薜荔、胡繩皆蔓生，依緣而後起。茝、蕙不須貫索，而亦擥矯堅木以結紉之。言託所薦於大臣，使相連絡攀附，謀國之苦心也。」又，注「怨靈修」云：「頃襄先僞誘以陷之死，故切致其怨以感之。」又，注「步余馬」云：「身既放退，又託國事於子蘭、子椒，故下專咎二人，而子蘭聞之大怒。」又，注「製芰荷」云：「芰荷、夫容，原放江潭所與游之賢士也。」又，注「女嬃」云：「妾之長稱嬃，蓋以喻臣之長，上官、令尹之屬，陽與原爲同志者。」又，注「五子」云：「諷言頃襄以子代父位，而娛縱如太康；五子亦不顧難，喻子蘭等佚游忘國也。」又，注「朝發軔」云：「蒼梧，舜巡方所至，言請命於懷王。縣圃，崑崙山上地，西極所届，以喻謀秦也。」又，注「靈瑣」云：「以喻懷王幽囚也。」又，注「飲余馬」云：「咸池、扶桑，皆在東方，以喻齊也。飲馬、總轡，言欲結齊爲援。」又，注「折若木」云：「若木，日入所拂木，以喻秦也。逍遥、相羊，有所待也。懷王在秦，不可遽絶秦。」又，注「吾令帝閽」云：「『吾令』云者，言己不知幾，猶謀反王也。帝，懷王也。關，秦武關也。閶闔又在其西。倚望者，帝也。」又，注「結幽蘭」云：「幽蘭，新進賢士也。已知王望歸，故謀令閶闔開出之，而志不得遂，故更結賢人，少須時日也。」又，注「春宮」云：「太子所居，喻頃襄也。」又，注「下女」云：「頃襄用事者。」又，注「宓妃」云：「齊女也。」又，注「夕歸次」云：「夕言懷王，朝言頃襄也。」又，注求「有娀」云：「言欲更求楚宗室賢者立之。」又，注「雄鳩」云：「鳩，喻后妃，雄鳩，夫人預政者，蓋鄭袖也。亦不欲立頃襄，故鳴且逝，而佻巧可惡，尤不可與合謀。」又，注「少康未家」云：「楚後王賢明能中興者也。」又，注「九疑」云：「喻懷王也。」又，注「百草不芳」云：「王薨國破，則賢才無託也。」又，注「余以蘭」云：「初託子蘭，故責望之。」又，注「飛龍」云：「喻懷王也。」又，注「邅吾道夫崑崙」云：「君臣之義，無可自疏，繫心懷王，仍獨轉於昆侖也。」又，注「發軔於天津」云：「天津，漢津，仍欲從漢中入秦也。」又，注「奏九歌」云：「言頃襄爲子，不如異姓臣。」

王氏以九歌「皆頃襄元年至四年初放未召時作，與離騷同時」。又以禮魂爲「每篇之亂」，國殤「舊祀所無，兵興以來新增之」，故二篇皆不在其數，是以十一篇而猶九篇矣。以禮魂爲「每篇之亂」、「蓋迎神之詞，十詞之所同」者，最爲有見。聞一多氏即取其説，目此篇爲「送神曲」。而以東皇太一一篇「娱神之詞，無託喻」，則與聞氏目爲「迎神曲」亦同。又，國殤一篇，信爲屈子之所增，非沅、湘九歌所有。屈子篤於宗國感愫，於義無反顧、抛尸疆埸之楚國將士不能無動於衷，於是作祭歌以祭奠無名英雄，合乎情理。此篇不見眉目傳情之窈窕美人，更無男歡女愛歌舞之樂，短兵相擊，戰馬鳴嘶，鼓聲震天，血肉飛濺。「天時墜兮威靈怒，嚴殺盡兮棄原野」，感天地、動鬼神。若是之作，似祇屬屈子之筆。林氏以爲激憤於懷、襄二世楚國屢屢折兵敗將，蓋近乎事理。其所寫車戰規模之大、地貌之開闊，似不宜在沅、湘水域以及楚南崇山峻嶺之間。「出不入兮往不反，平原忽兮路超遠」，戰場之遼闊、路程之遥遠，似乎祇在郢都以北江漢平原及接近中原的丹、淅之地。國殤之「帶長劍兮挾秦弓，首雖離兮心不懲。誠既勇兮又以武，終剛强兮不可陵。身既死兮神以靈，魂魄毅兮爲鬼雄」，與騷之「亦余心之所善兮，雖九死其猶未悔」、「伏清白以死直兮，固前聖之所厚」、「雖體解吾猶未變兮，豈余心之可懲」，亦一脈相通矣。

王氏以雲中君爲楚澤雲杜、雲夢之神。釋篇末「思夫君」云：「夫君，喻楚王也。有廣大之地而不能自强，故勞也。」王氏以湘君爲「洞庭之神」，而寄寓於懷、襄二王。故釋是篇以下，悉依循釋騷套路，極盡比附牽合之能事。如，釋「君不行」云：「君，喻懷王。美，自謂也。」釋「駕飛龍」云：「頃襄初立，召原謀反懷王，故駕飛龍也。當求賢草野，故邅道也。」釋「心不同」云：「言己於嗣君心異恩淺，欲因近臣以自達，乃又不知所以求，故勞而輕絶。」釋「期不信」云：「期，約反王也。」釋「捐余玦」云：「大夫見放，得玦則去。不欲去，故捐玦也。」釋「杜若」、「下女」云：「杜，土衡。」「下女，嗣王也。」「凡草可采者爲若。采杜若者，欲且連衡也。」釋「時不可」云：「嗣君初立，内外改觀，彊弱在此時，不可輕舉也。」王氏以湘夫人爲「洞庭西湖神，所謂青草湖也」。釋「愁予」云：「頃襄初立，郢受蜀下流，故遠望而愁。」釋「夕張」云：「所謂『與曛黄以爲期』，言密謀反懷王。」釋「蛟何爲」云：「喻合從不成也。」釋「廡門」云：「廡，覆也。門在外，以喻國四境也。言賢人充庭，則國勢外强。」釋「遺褋」云：「喻密謀。」王氏以大司命爲「王七祀之神」。釋「空桑」云：「伊尹所居，喻輔嗣君之意。」釋「清氣」云：「喻初政當清明也。」釋「道帝之兮九阬」云：「帝，謂懷王也。阬，虚也。九阬，九州空虚之地，欲道王從間道以歸。」釋「疏麻」云：「疏麻可書，言將通問懷王。」釋「乘龍」「冲天」云：「乘龍者，嗣王也。」「冲天，言但欲自尊立。」釋「願若今」云：「祝懷王無死，已則誓死也。」王氏以少司命爲「羣姓七祀之神」。釋「美子」云：「嗣君也。父子恩親，已不宜與其憂也。」釋「滿堂兮美人」云：「美人，喻君也。滿堂者，言宗室子皆可立，然已受懷王恩厚，獨異於衆，故以反王爲己任，終不能自已。」釋「入不言」云：「喻懷王見欺而去，已不及與謀。」釋「荷衣」句及以下云：「荷、蕙，喻己放在野也。」「帝郊，郢都；雲際，言客秦也。」釋「與女游兮九河」云：「九河，齊地；咸池，東地，亦喻齊也。衝風起，破散其計也。晞髮自新，以結交於齊，結齊以攻秦也。」釋「荃獨宜」云：「言必反懷王，乃可定國。荃，懷王也。獨宜，駁頃襄不宜。」王氏以東君爲「句芒之神」，比嗣君襄王。釋「心低回」云：「恐嗣君不堪其位也。」釋「忘歸」云：「言將爲聲色所娱惑，忘懷王未歸也。」釋「射天狼」云：「言既射天狼而反淪降之魂，乃後可宴樂也。」王氏以「楚北境至南河」，故亦祀河神。釋「游兮九河」云：「原於懷王十八年使齊，故嘗游九河。」釋「登崑崙」云：「崑崙，西極山，言懷王惑秦僞説而絶齊也。」釋「寤懷」云：「言既客秦，復思齊也。」釋「龍堂」、「朱宮」云：「言齊有甲兵府庫，宜西向争衡天下。」釋「送美人兮南浦」云：「子，謂嗣君也。美人，懷王。南浦，江南國。」釋「媵予」云：「喜齊兵之見助也。」王氏以「山鬼」爲「鬼謂遠祖。山者，君象。祀楚先君無廟者也」。釋「子慕予」云：「子，謂嗣君也。」「言己見放也，慕而善之，復見用也。」釋「余處幽篁」云：「余，先祖自余也。夔、巫深山多竹，阻絶虧蔽，楚之舊都久成荒廢，故先祖自訴其險難。」釋「歲既晏」云：「歲晏，國將亡也。」釋「怨公子」云：「公子，頃襄也。頃襄所忘者，歸懷王也。君，斥山鬼也。」釋「思公子」云：「頃襄不可輔也。」

王氏以屈子作天問之時，「當在懷王入秦以後、再放之前」。稱「原先以作離騷而見忌，故是篇文彌晦而意彌周，不失變風之義」。又謂「天問歷叙天地靈異、帝王興敗之故，皆據時事而言，故篇中皆設難詞以起之。大略分爲三節：首陳天文，以明六國强弱之勢，次陳山川物産，以喻望懷王歸國之意。末陳古事，以諷頃襄仍當合從復讎，求賢共治，及己忠憤之節。」此亦其釋天問之關鍵或原則。其例先釋本事，言簡意賅，而後「補曰」，乃王氏門生陳兆奎所作「補注」。蓋以王氏之注過于簡略，而承其意加以發揮。如，「馮翼唯像」，王注：「馮翼，養老之禮，言訪古事當于老成。」補云：「原歷官懷王，自託老成，能識遺事，而頃襄不能問之。凡言『何以』者，皆據以發明時事。」又，「八柱何當」，王氏無注，補云：「喻八國也。言燕、趙、韓、魏、中山、齊、秦、楚皆劫不相下。東南，專指楚也。」又，「夜光何德」，王氏無注，補云：「夜光，月也。月生於西，喻秦。兔，讒臣之喻，靳尚也。在腹者，尚爲秦内應也。懷王與齊爲從親，秦患之，使張儀入楚。

儀善靳尚，因而説王絶齊。齊、秦交合，是秦之利。篇中兩言『厥利維何』，皆言交涉事。」又，「不任汩鴻」，注云：「以鮌自喻也。」補云：「言懷王不用其言，先何必舉爲左徒？」又，「地何故以東南傾」，王氏但引舊説，無甚發明。補云：「楚地縣亙，東南而傾，靡不能自振，其有天意與？」又，「冬煖」「夏寒」，王注：「頃襄新立，諛臣甚衆，能令冬暖。懷幽已放，在夏猶寒。」極簡略。陳氏承其意補云：「原怨王不用其言而困于秦，節序遷移，當有懷土之感。亦愛君而憂之。」又，「羿焉彈日」，王氏于本事之旨付之闕疑，補云：「喻秦有并滅之志。」又，「閔妃匹合」，王氏以爲「媵臣負鼎之事」。陳氏不以爲然，補云：「王信鄭袖言，縱其所欲，不顧後患。此追叙之也。」又，「勤子屠母」，王氏但就史事作解，而補云：「言頃襄弟子不能自立。」指明意旨。又，「化而爲黄熊」，王氏但因襲舊注，而補云：「懷王時，原方見黜，如鮌栖羽淵。頃襄立，用事者復舉原，如巫之活黄熊耳。」又，「萍號起雨」，王氏無注，補云：「頃襄先爲太子時，質于齊，昭睢赴齊求之反，立爲王。萍號，雨師。謂昭睢興中興，初意立頃襄，本期中興也。」又，「吴獲迄古」，王氏但因襲舊注，補云：「頃襄若不誅子蘭，則當出之吴、越，不可與以令尹。或者可如泰伯、仲雍，去周而開吴。」又，「繁鳥萃棘」，王氏但以爲記載姜嫄履足跡而生后稷事，補云：「喻秦以昏姻連楚，而頃襄不知禍至無日，方且自負其姻好之情。」又，「比干」「雷開」，王氏無注，補云：「比干，原自謂也。阿順，何順字誤，指靳尚也。」又，「載尸集戰」，王氏無注，補云：「此勸頃襄不可忘讎。」又，「兄有噬犬」，王氏無注，補云：「喻子蘭貪得無厭。」又，「爰出子文」，王注：「言用賢不在貴族，子文出于丘陵。」補云：「子文亦楚宗臣，故原以自喻。」

王氏以九章皆作於頃襄之期，爲「將死述意，各有所主」者，「故有追述，有互見。反復成文，以明己非懟死也」。而九章各篇之作時，仍舊本之次以説之。如，稱惜誦「本與頃襄謀反懷王，忽背之而以爲罪。欲誦言自明，王怒益禍，又使王負不孝之罪，國事愈不可爲。故惜之而自致愍也。今卒不存楚，亡郢失巫，己竟殉之，而志終不白。故悉發其憤，抒情而作九章也」。稱涉江作於頃襄二十二年再放於沅之後，「頃襄二十二年，秦拔巫，原年六十七」。稱哀郢之作在白起拔郢之後，「頃襄二十年，秦白起拔西陵。二十一年，白起拔郢，燒夷陵。楚兵散，遂不復戰。東北保於陳城，所謂『離散』、『東遷』也」。稱抽思之作，原「自郢還沅」，而後「追念傾覆之由，無可奈何，故憂之深、言之哀也」。稱懷沙之作，原「自郢還至湘，不過旬日，故仍記孟夏也」。稱思美人作於「將死，重思懷王客死之悲，因及己謀國忠誠之本末」。稱惜往日之作，「屈原既決懷沙，深思禍本，由楚俗讒諛，專成媢疾，始於懷王，極於頃襄。己當任用之時，亦未能挽其波靡之俗。雖無秦兵，知國亦必亡。故惜往日孤忠之無補也」。稱橘頌之作，「蓋遷江南所識之賢士，年少隱居，望其繼己志，故作頌美之」。稱悲回風是「謝世之詞，追怨無端」，以爲絶筆矣。

王氏或考屈子生卒之年，釋涉江「余幼」、「既老」云：「一幼一老見意，原生於楚宣王二十七年，歲在戊寅。懷王元年，年十六。張儀來相時，年三十二，早已見疏，距用事時已十餘年。是見疏在弱冠後，故曰『幼』也。頃襄初年，年五十餘，放沅九年，故自歎『既老』也。」釋哀郢「至今九年而不復」云：「再遷沅至郢亡，九年也。逆計之，然則頃襄十二年，原再放。」而後至頃襄二十一年，由郢至沅、湘，以次作哀郢、抽思、懷沙、思美人、惜往日、橘頌、悲回風，蓋終年六十七耳。至若各篇釋義，王氏一如既往，莫不繫附於懷、襄二君之史實。如，釋惜誦「君可思」云：「客死於秦，是可思也。終亦不悟，不可恃也。」釋涉江「重華遊」云：「重華，謂懷王也。頃襄背約，放原江南，自甘遠徙，故與遊瑶圃。言不願事新王也。」釋哀郢「堯舜之抗行」以下云：「此皆采宋玉之詞以著己被放之由。讒者言懷王反不利頃襄、子蘭，不知王傳國高世明遠之見，決無『不慈』之事。又譖原款秦主和，不若言戰之忼慨，故使頃襄疏遠修美之臣。嫌於自矜，故直用弟子之詞。」釋抽思「憍吾」云：「頃襄貪位，不欲王反，託言秦不可和，當力戰以復讎，名既美，志又憍也。」釋懷沙「人生有命」云：「聖人惡自殺，故明己非畏懼而死也。人事無可轉移，不忍爲秦虜耳。」釋思美人「指嶓冢」云：「嶓冢，蜀山。蓋欲迎王由蜀乘夏水下漢。」又，釋「白日出」云：「白日，喻君也。出，謂懷王得反也。」釋惜往日「慙光景」云：「光景，前謀通秦之事也。悲回風曰：『借光景以往來，施黄棘之枉策。』黄棘會在懷王廿五年，秦、楚復和，太子出質。其後，頃襄立，欲罪原，因治前謀，故慙也。」釋橘頌「年歲雖少」云：「恐人輕其少，故初異之，後友之，乃欲師之，好賢之至也。其人終亦長隱江南，無以自見，至今想其風規也。」釋悲回風「更統世」云：「言嗣子自當繼統受賜，懷王長美，亦必無不慈之意。深恨頃襄也。」

王氏以原作遠遊之由，以避輕生就死之嫌。稱「聖人貴舍生而惡自殺，屈原不勝其憤，至於自沉，雖反復叙明其故，猶懼論者謂其窮無復之，智不全身；　又嘗受真道，可託尸解，略述其術以示知者」云。又以卜居之作，「在懷王薨後，頃襄定立，悉還前放逐諸臣，而原以名德見重，有復用之機，故自明其不能隨俗取富貴也」。又以漁父之作，「時原再放於沅，而漁父歌滄浪。滄浪，漢水所鍾，在均、鄖之境。蓋楚舊臣避地沅、澧，故相勞問也」。自遠遊以下，王氏刊落舊説，而已注亦甚簡略，無所發微。惟「滄浪，漢水所鍾，在均、鄖之境。蓋楚舊臣避地沅、澧」云云，識斷卓矣。屈子始放漢北，蓋在上庸，本其父采邑，故稱「伯庸」，而在竹山、房縣之間。然滄浪之歌，乃歌謡也，非屈子所作。孟子亦嘗引之，流傳甚廣矣。漁父作於再放江南沅、湘間時，屈子逢漁父，漁父乃引而歌之，而不得謂此篇亦作懷王之世疏斥於漢北時矣。

王氏以宋玉九辯作於原離騷、卜居之後，九歌、漁父之前，「原被召再放，送之而作也。九章多采其言，是其證矣。天問曰：『啓棘賓商，九辯九歌。』商爲秋，故以秋發端，亦記時也」。故釋是篇，即立意於此。如，釋首章云：「此送別屈原再放沅中也。」釋五章云：「此皆爲原述志之詞。」又，釋「超逍遥」云：「言今再被放，更無止泊也。」釋「泊莽莽」云：「言放不可久，懼終死於外。」王氏以招魂作於「楚去郢之後，原自沅暫歸，忽悔悟而南行，君臣相絶，流亡無所。宋玉時從東徙，聞原志行，知必自死。力不能留之，因陳頃襄奢惰之狀，託以招原，實勸其死。自潔以遺世，不得已之行」。復以大招之作「與招魂同時。招魂勸其死，大招冀王之復用原，對私招而爲大也。若命已終，宜有哀情，不得盛稱侈靡。或以爲屈原招懷王，則『魂兮』、『魂兮』，大不敬矣。今定以爲景差之作，雖知頃襄之昏，而猶冀其一悟，忠厚之至也」。王氏末附宋玉高唐賦，稱「屈子之忠謀奇計，在據夔、巫以遏巴、蜀，使秦舟師不下，而後夷陵可安，五渚不被暴兵。東結强齊，争衡中原，分秦兵力，楚乃得以其暇，招故民，收舊地，扼長江，專峽險。良謀不遂，頃襄棄國，秦師并下，貞臣走死。弟子宋玉之徒崎嶇從遷，假息燕幕，畜同俳優，不與國謀。然坐見危亡，追思遠謨，雖勢無可爲，而别無奇策，乃後歎息，竊泣哀楚之自亡也。情不得已，因遂作賦。首陳齊、楚婚姻之交，中述巴、蜀出峽之危，末陳還都夔、巫之本計。言不顯則意不見，故直以幸女立廟，明當昏齊，申屈子之奇謀，從彭咸之故宇。後有知者，明楚之所以削，秦之所以霸，然後服達士之遠見，申沈湘之孤憤矣」。王氏釋玉、差九辯以下四篇雖多比附牽合之説，徵之以史傳，猶爲有識。至若玉招原魂，而祀享王者之侈靡，若據「因陳頃襄奢惰之狀，託以招原」云云，庶幾得以彌縫之矣。探高唐之微旨，以爲「首陳齊、楚婚姻之交，中述巴、蜀出峽之危，末陳還都夔、巫之本」者，亘古所未有，似成其一家説矣。王氏注大招又云：「只，語已詞也。招魂言『些』。些者，『此此』二字重文，其聲清長；『只』聲蹙短也。」以「些」爲「此此」重文，湯炳正氏取證於湘西民間招魂，亦倡此解。然王氏已先於湯説矣。

綜觀是書之作，旨在據史傳以發明微旨，類公羊氏、穀梁氏之傳春秋經也，一言蔽之以「奇」。藉注楚辭，借古諷今，箴砭時政，寄寓其畢生治政之策，故百方比附，無所不至。然則若是以解楚辭，石破天驚，標新立異，奇奇怪怪，聞所未聞。是耶非耶？學者自有繩墨，不爲奇説異義所惑亂矣。至若字義訓詁，亦多憑臆爲説，尤不得稱精允，不如公羊氏、穀梁氏及何休氏之遠甚矣。如，離騷「皇考」云：「皇考，大夫祖廟之名，即太祖也。」皇，明也，故叔師引詩「烈考」以證之，烈亦明也。父死曰考，似不得解爲遠祖也。又，「侘傺」云：「傺，際也。會合之處。」叔師注：「侘傺，失志貌。侘，猶堂堂，立貌也。傺，住也，楚人名住曰傺。」其釋不刊。侘傺，「叱咤」之乙，鬱邑侘傺，猶嗚咽叱咤，悲憤不平之貌。史記淮陰侯列傳「項王喑噁叱咤，千人皆廢」，索隱：「叱，昌栗反；咤，卓嫁反，或作吒。叱吒，發怒聲。」喑噁叱咤，同此「鬱邑侘傺」。叱吒，漢書作「猝嗟」，列子湯問篇作「肆咤」，後漢書光武帝紀作「嘯咤」，韓非子守道篇作「嗟唶」，皆語之轉，根於抑屈不申之意，則同矣。又，雲中君「若英」云：「如花英也。」叔師注：「若，杜若也。言己將修饗祭，以事雲神，乃使靈巫先浴蘭湯，沐香芷，衣五采華衣，飾以杜若之英，以自潔清也。」其説是也。「若」非訓「如」矣。又，湘君「薜荔拍」云：「拍，蓋帛也。」叔師注：「拍，搏壁也。」戴東原云：「拍，王注云『搏壁也』，劉成國釋名云：『搏壁，以席搏著壁也。』此謂舟之閤閭搏壁。」其説是也。又，東君「吾檻」云：「擥也，今作擥，或作攬。擥扶桑者，喻欲輔嗣君。」不成句法矣。叔師注：「檻，楯也。言東方有扶桑之木，其高萬仞。日出，下浴於湯谷，上拂其扶桑，爰始而登，照曜四方。日以扶桑爲舍檻，故曰『照吾檻兮扶桑』也。」其「舍檻」云者，猶後之杆欄之舍也。又，惜誦「疾親君」云：「疾，猶直也。直疾親君，不顧貴近，所謂『釋階登天』。」舊解「疾」爲「惡」，固不可通，然王釋「直」亦非。疾，猶疾力、盡力。謂盡力親君也。又，抽思「有鳥自南兮，來集漢北」云：「有鳥，喻頃襄也。南，郢也。集漢北，渡漢北走陳也。」走陳而始東遷，毋須向北渡漢。渡漢而走陳，猶南轅北轍，自投網羅矣。若是者則不勝其舉矣。由是可知，後之今文經學家之操術，衹不過率意比附、無中生有云爾。或者云：「清人楚辭之作，以戴東原之平允，王闓運之奇邃，獨步當時，突過前人」（姜亮夫楚辭書目五種）。何其虛譽如是耶！蓋存之徒增博識廣聞，不足爲訓矣。

是書初鐫於光緒十二年丙戌仲秋，即成都尊經書院精刊本，由其弟子成都方守道校刊。而此本爲光緒二十七年辛丑衡陽刊本，原見湘綺樓全書，現藏國家圖書館，且有佚名批注者。封面，卷首及末頁皆鈐「曾襄君章」之印，然未審其爲何人。湖南省圖書館藏忠獻韓魏王君臣相遇別録三卷遺事一卷（家傳十卷），徐縉芳刻本，鈐有「衡陽常氏潭印閣藏書」之圖記、「曾廣詢印」及「曾襄君章」印。「曾襄君章」之篆文、款式與此同。據是，蓋清湖、湘間藏書家。此度整理，即取此本爲底本，而凡文字訛誤、異同，則以單行章句爲參校本。原書内封書名作「楚辭釋」，而正文内書名俱作「楚詞釋」，爲保留原貌起見，不予更改。然限於學識卑陋不精，斷句標點或者校記等容或失當，祈請高明指正。歲在丁酉孟夏四月序於婺州麗澤寓舍。

目録

楚詞釋一

王闓運注

離騷經

王逸序曰：離騷經者，屈原之所作也。屈原與楚同姓，仕於懷王爲三閭大夫。三閭之職，掌王族三姓，曰昭、屈、景。屈原序其譜屬，率其賢良，以厲國士。入則與王圖議政事，決定嫌疑；出則監察羣下，應對諸侯。謀行職修，王甚珍之。同列大夫上官、靳尚妒害其能，共譖毀之。王乃疏屈原。屈原執履忠貞而被讒衺，憂心煩亂，不知所愬，乃作離騷經。離，別也。騷，愁也。經，徑也。言已放逐離別，中心愁思，猶依道徑以風諫君也。故上述唐、虞、三后〔一〕之制，下序桀、紂、羿、澆之敗，冀君覺悟，反於正道，而還已也。是時，秦昭王使張儀譎詐懷王，令絶齊交。又使誘楚請俱會武關，遂脅與俱歸，拘留不遣，卒客死〔二〕於秦。其子襄王復用讒言，遷屈原於江南。屈原放在草澤，復作九章。援天引聖，以自證明，終不見省。不忍以清白久居濁世，遂赴汨淵自沈而死。離騷之文，依詩取興，引類譬諭。故善鳥香草以配忠貞，惡禽臭物以比讒佞，靈脩美人以媲於君，虙妃佚女以譬賢臣，虯龍鸞鳳以託君子，飄風雲霓以爲小人。其辭温而雅，其義皎而朗，凡百君子，莫不慕其清高，嘉其文采，哀其不遇，而愍其志焉。依章句所言，則離騷經猶消摇游，以三字爲名。史公不容，翦去「經」字，而云「作離騷」也。屈子此作，託於詩之一義，故自題爲「經」。言此離騷乃經義，百代所不變也。離，别也。騷，動也。父子離别，騷動不甯，天之經也。初，懷王疏原，後見困於秦，復用原計，爲黄棘之會。秦、楚通和，太子出質，已怨原矣。及秦僞歸太子以要懷王，楚復合齊，太子又質焉。懷王留秦不得歸，而大臣欲立他子，昭睢不從，乃迎横立之，是爲頃襄。時原年四十有六，名高德盛，新王初立，勢不能不與原圖事。原乃結齊款秦，薦列衆賢，詆毁用事者。衆皆患之，乃譖以爲本欲廢王，又以懷王得反，將不利王及令尹。王積前怒，固欲遠之，而無以爲名。因是誣其貪縱專恣，放之江南，而反以忘讎和秦爲其罪。原因託其所薦達者於令尹，而所薦者趨時易節，附和阿俗，國事大變。原忠憤悲鬱，無所訴語，故行吟湖皋，作爲此篇。不敢斥王之不孝，乃致切怨於子蘭。懷王既薨，新王定立，以即位恩澤，釋原自便，原復還國。而子蘭得見此詞，乃始大怒原，使靳尚誣以款秦誤國，復徙之於沅。徙十六年而楚亡郢，乃悉舒其憤而作九章焉。凡楚詞二十五篇皆作於懷王客秦之後，初無怨己不用之事，要必先明離騷經反復之文，然後知之。

帝高陽之苗裔兮，將言己爲宗臣，而不敢顯言，故託於祖所自出。下以高辛喻頃襄，先言己祖高陽，明與君兄弟也。必明親者，同懷王休戚。朕皇考曰伯庸。皇考，大夫祖廟之名，即太祖也。伯庸，屈氏受姓之祖。屈，楚大族。言己體國之義也。若以皇考爲父，屬詞之例，不得稱父字，且於文無施也。攝提貞于孟陬兮，惟庚寅吾以降。孟，孟春建寅之月也。陬爲正月，三正所同。言孟陬，知楚行夏時也。復顯三寅者，將言己性與人異，託言己生與人異。皇覽揆余初度兮，肇錫余以嘉名。名余曰正則兮，字余曰靈均。皇，天也，謂父也。度，謂立身之法也。蓋原以平旦生，與三寅爲祥異，故名曰平。及冠，賓字之，更從平義，取「廣平曰原」而字之曰原。至是，原以樹黨偏異見讒，將言己守正奉法，行善無私，因假以己名字見意，言天鑒度我初生立身之法度，所行無愧於名字。紛吾既有此内美兮，又重之以修能。扈江離與辟芷兮，紉秋蘭以爲佩。修，治也。扈，讀若「扈從」之扈。江離，蓋芎藭也。離，離也。芷，止也。蘭，闌也。皆辟惡香草。言去邪穢自絜清也。與、於通用字，於猶而也。辟，擗也，猶析也。汩余若將不及兮，恐年歲之不吾與。汩，疾也，不及送喪之皃。懷王客秦，旦夕不忘欲返，故若不及，而常恐老死。朝搴阰之木蘭兮，夕攬中洲之宿莽。搴、攬，皆取也。阰，𡶒也，山陂相連處也。木蘭，辛夷，花如菡萏，故曰蘭。蘭、蓮古字通用。宿莽，因陳詩所謂莪也。朝夕，言汲汲也。恐己死而志不遂，故朝夕進賢，不遺幽遠，明非故用新進，以間親舊。日月忽其不淹兮，春與秋其代序。淹，久留也。春秋代序，言新君代故君也。忽然不留，無念故王者。惟草木之零落兮，恐美人之遲暮。草木，喻羣臣也。草喻新進者，木喻在位者。零落，無賢材也。國無賢材，恐王久客而不反。不撫壯而棄穢兮，何不改乎此度？撫，猶依也。壯，盛也。原怨用事者與之異趣，因亦自尤。言己不知依撫盛勢，而乃以爲穢濁而棄之。此往昔之所以見讒，今何不自改乎？由初度、正則、靈均，不可改也。乘騏驥以馳騁兮，騏馬能勞，驥尤以騏爲尚，故曰騏驥，所薦賢出使四方者也。思美人曰「勒騏驥而更駕」。來吾道夫先路。新進賢材，視原轉移其來也，吾將道之，故不可自穢。

昔三后之純粹兮，固衆芳之所在。雜申椒與菌桂兮，豈維紉乎蕙茝？三后，三代繼體之君。自夏傳子，而有世族。將明親賢雜用之意，故言純者亦有雜時，雜乃所以成純也。椒、桂，木類，以喻世臣。時楚用事者，疑原引新進以傾己，故自明其志，亦以勸曉令尹、上官，消其嫉妒也。蕙，順也。茝，廣也。言新進賢人不宜見忌。彼堯舜之耿介兮，既遵道而得路。頃襄受父命，如受禪而立，光明正大，無所嫌疑，如循大道。駁當時言懷王歸不利之說。何桀紂之昌披兮，夫唯捷徑以窘步。惟黨人之偷樂兮，路幽昧以險隘。昌披，自恣之意。捷徑急於自達，反窘難不能行，如今黨人偷奉新君，名不正、言不順，故幽昧險隘。豈余身之憚殃兮，恐皇輿之敗績。皇，懷王也。出，故言輿已敗績矣。復恐者，黨人欲陷懷王，乃以絶秦力戰爲名，誣原畏死，故恐其敗。忽奔走以先後兮，及前王之踵武。前王，周文王也。武，跡也。奔走先後，文王所恃以合與國滅昆夷，原欲合從擯秦，以及其踵迹。荃不察余之中情兮，反信讒而齊怒。荃，芥孫。齊，疾也。中情欲反王，以成新君之功業，反蓄前怨，疾怒以爲將廢己也。芥爲膾主，故以喻君，以荃喻嗣王也。余固知謇謇之爲患兮，忍而不能舍也。指九天以爲正兮，夫唯靈修之故也。己欲反王，乃被誣忘讐，故指天正之也。靈修善治，言欲成嗣王之孝。初既與余成言兮，後悔遁而有他。余既不難夫離别兮，傷靈修之數化。成言，頃襄約原反王之謀也。抽思曰「昔君與我誠言，羌中道而回畔」，言之詳矣。難，憚也。

余既滋蘭之九畹兮，又樹蕙之百畝。畦留夷與揭車兮，雜杜衡與芳芷。畹，三十畝。畦，五十畝。杜衡，土蘅，似葵而香。留夷，所未聞也。四艸成畝，以雜衡芷，言賢才既盛，行止皆有備。冀枝葉之峻茂兮，願竢時乎吾將刈。刈，斷也。俟秦可伐之時，乃決用兵，言非主款秦也。雖萎絶其亦何傷兮，哀衆芳之蕪穢。刈則萎絶，而材得所用，故不傷之。而但哀其不用，以蕪於穢耳。傷人材坐見摧殘，不得戰死。衆皆競進以貪婪兮，憑不厭乎求索。羌内恕己以量人兮，各興心而嫉妒。言衆雖疾原，不宜疾原所進。以己求索未足，乃謂衆賢干原，必原貪婪滿足，乃肯薦之，因生嫉心也。忽馳騖以追逐兮，非余心之所急。既被衆妒，唯當急結主知，而衆既競進，己又逐騖，誠乖本心也。老冉冉其將至兮，恐修名之不立。原時年四十六，早有盛名，若己老也，隨衆改節，則敗其修能之名矣。朝飲木蘭之墜露兮，夕餐秋菊之落英。木蘭，原所薦達。秋菊，原自喻也。九歌曰「春蘭秋菊，長無絶兮」。墜、落，言放棄也。所薦朝得罪，原亦夕放。苟余情其信姱以練要兮，苟、假，聲轉通用，設詞以明意也。姱，嫭美也。練，靈也，善也。言己與君以美善相約。長顑頷亦何傷。言君苟修姱，己得罪無傷也。擥木根以結茝兮，貫薜荔之落蕊。矯菌桂以紉蕙兮，索胡繩之纚纚。茝、蕙，原所薦未退者也。改申椒言木根者，詞不欲太顯耳。薜荔、胡繩皆蔓生，依緣而後起。茝、蕙不須貫索，而亦擥矯堅木以結紉之。言託所薦於大臣，使相連絡攀附，謀國之苦心也。謇吾法夫前修兮，非時俗之所服。服，事也。薦賢於佞，亦知其不以爲事。雖不周於今之人兮，願依彭咸之遺則。周，合也。彭，老彭。咸，巫咸。殷臣，傳道德者。蓋先居夔巫，芈熊受其道，居其地。彭在酉、秀之間，巫山在夔，皆楚舊都。故原屢稱焉。東方朔七諫曰：「棄彭咸之娛樂。」舊乃傳彭咸水死，又以爲一人。非也。長太息以掩涕兮，哀民生之多艱。艱，險也。人性多險，反覆不可測。余雖好修姱以鞿羈兮，姱，謂頃襄以謀反懷王爲美名也。上所謂「信姱」，九章曰「覽余以其修姱」，皆謂王之美也。言王羈縻己，僞與謀反懷王也。悲回風〔三〕曰「心鞿羈而不開」。謇朝誶而夕替。言一語不合，則廢去不用。既替余以蕙纕兮，又申之以攬茝。亦余心之所善兮，雖九死其猶未悔。蕙、茝，即前所結於木桂者也。衆方譖其樹黨，乃又諷其所善於執政，以實讒口，非但見放，殆必見誅，故自明其不悔。怨靈修之浩蕩兮，言己雖不悔，而頃襄先僞誘以陷之死，故切致其怨以感之。終不察夫民心。衆女嫉余之蛾眉兮，謠諑謂余以善婬。善，猶多也。王雖負約，亦由譖之者多，故又傷謠諑也。己好薦賢，有類於不貞焉。固時俗之工巧兮，偭規矩而改錯。背繩墨以追曲兮，競周容以爲度。忳鬱邑余侘傺兮，余獨窮困乎此時也。甯溘死以流亡兮，余不忍爲此態也。傺，際也，會合之處。惜誦曰「儃佪而干傺」。衆譖已成，惟有改行與合，乃可以免，欲爲其態，而自歎其窮，亦不怨人也。鷙鳥之不羣兮，自前世而固然。何方圜之能周兮，夫孰異道而相安？屈心而抑志兮，忍尤而攘詬。攘，取。詬，病也。己欲屈抑以從俗，忍衆人之所尤，則將取病前修也。伏清白以死直兮，固前聖之所厚。死直，自直而死也。不忍尤，則伏清白以取死而已。

悔相道之不察兮，延佇乎吾將反。回朕車以復路兮，及行迷之未遠。人臣誓死而無益於國，非相道也。既欲伏死，又自悔其不察，于是又謀退隱也。步余馬于蘭皋兮，馳椒丘且焉止息。身既放退，又託國事於子蘭、子椒，故下專咎二人，而子蘭聞之大怒。進不入以離尤兮，退將復修吾初服。製芰荷以爲衣兮，集夫容以爲裳。不吾知其亦已兮，苟余情其信芳。芰荷、夫容，原放江潭所與游之賢士也。方以薦士獲謗，而復不能斂藏也。高余冠之岌岌兮，長余佩之陸離。芳與澤其雜糅兮，唯昭質其猶未虧。澤，殬也。言己與羣小雜居，幸能自潔。淳于髡曰：「微聞薌澤。」謂佩香與人氣相雜。舊以澤爲玉潤，非也。忽反顧以游目兮，將往觀乎四荒。四荒，四境荒遠之地。己既被放，可任所適。佩繽紛其繁飾兮，芳菲菲其彌章。忠臣被放，民望愈隆，增加語言，益爲時所忌也。民生各有所樂兮，余獨好修以爲常。雖體解吾猶未變兮，豈余心之可懲。體解，得重罪者殊死之如解牲體也。一進一退，其機愈危，不獨蹈死，且將菹醢。己非不知，知而不能自止，忠貞之性，九死不變也。

女嬃之嬋媛兮，申申其詈予。女嬃，女有才智者。易曰「歸妹以嬃」。妾之長稱嬃，蓋以喻臣之長，上官、令尹之屬，陽與原爲同志者。舊以爲屈之姊。屈姊容亦名嬃，作賦不宜見姊名也。曰鮌婞直以忘身兮，終然殀〔四〕乎羽之野。鮌方命圮族，忘身勤死，當聖世而獨夭枉，故當引以自比。惜誦曰：「行婞直而不豫，鮌功用而不就。」汝何博謇而好修兮，紛獨有此姱節。有，親也。獨以好修，親王之姱節。薋菉葹以盈室兮，判獨離而不服。衆皆邪佞，導王爲惡，故必分離忠賢，使不任事。衆不可户説兮，孰云察予之中情？世竝舉而好朋兮，夫何煢獨而不予聽？上予，予屈原。下予，嬃自謂也。欲原無獨異而與世朋。依前聖以節中兮，喟憑心而歷茲。原自傷取法前聖，歎瀳見侮也。濟沅湘以南征兮，就重華而陳詞。自郢南行，溯沅入湘。禪位相代，故思舜也。帝系曰：「瞽叜生重華，是爲帝舜。」啟九辯與九歌兮，夏康娛以自縱。不顧難以圖後兮，五子用失乎家巷。九辯九歌，啟所得之樂章名也。天問曰：「啟棘賓商，九辯九歌。」屈原、宋玉襲其名以作，諷言頃襄以子代父位，而娛縱如太康；五子亦不顧難，喻子蘭等佚游忘國也。羿淫游以佚畋兮，又好射夫封狐。固亂流其鮮終兮，羿，有窮君，後稱帝，曰有窮后，蓋夏宗室子也。封，豐茸，毛盛皃。亂流，猶亂離也。浞又貪夫厥家。澆身被服强圉兮，縱欲而不忍。日康娛而自忘兮，厥首用夫顛隕。浞、澆，異姓之臣。强圉，喻主言伐秦者。夏桀之常違兮，乃遂焉而逢殃。后辛之菹醢兮，殷宗用而不長。桀、紂拒諫亡國，以喻君不用己。湯禹儼而祇敬兮，周論道而莫差。舉賢才而授能兮，循繩墨而不頗。皇天無私阿兮，覽民德焉錯輔。夫維聖哲以茂行兮，苟得用此下土。茂，勉也。瞻前而顧後兮，相觀民之計極。相觀，猶周望也。下又曰「覽相觀」。夫孰非義而可用兮，孰非善而可服？阽余身而危死節兮，覽余初其猶未悔。新君初立，起用舊臣，於此悔則立致貴也。不量鑿而正枘兮，鑿，孔也。固前修以菹醢。前修既見菹醢，今阽危固當也。曾歔欷余鬱邑兮，哀朕時之不當。攬茹蕙以掩涕兮，霑余襟之浪浪。茹，萌也。有君而已不可任，所薦賢又尚幼弱，故哀之。

跪敷衽以陳詞兮，耿吾既得此中正。陳詞，「啟九辨」至「可服」之詞。以必反懷王，薦賢於頃襄也。頃襄覽以修姱，外示委任，故自以爲得中正。駟玉虬以椉鷖兮，鷖，總后飾車者，喻昏齊女也。溘埃風余上征。朝發軔於蒼梧兮，蒼梧，舜巡方所至。言請命於懷王。夕余至乎縣圃。縣圃，崑崙山上地，西極所届，以喻謀秦也。欲少留此靈瑣兮，日忽忽其將暮。靈瑣，以喻懷王幽囚也。吾令羲和弭節兮，望崦嵫而勿迫。羲和掌日，以喻謀國者。崦嵫，日所入，喻懷王已去位也。迫，急也。懷王歸，謀愈急則愈不成。路曼曼其修遠兮，吾將上下而求索。飲余馬於咸池兮，總余轡乎扶桑。咸池、扶桑，皆在東方，以喻齊也。飲馬、總轡，言欲結齊爲援。折若木以拂日兮，聊逍遥以相羊。若木，日入所拂木，以喻秦也。逍遥、相羊，有所待也。懷王在秦，不可遽絶秦。前望舒使先驅兮，後飛廉使奔屬。望舒、飛廉，皆喻諸侯也。欲合從擯秦，故曰前驅後屬。鸞皇爲余先戒兮，鸞皇，以喻結昏於齊也。雷師告余以未具。雷師，亦喻諸侯。此蓋專謂齊王也。有未具見者，則雷師告之，其行迅疾也。言雖合從，尤專恃齊也。吾令鳳鳥飛騰兮，繼之以日夜。鳳長百鳥，喻嗣王也。飛騰，言自奮發。日夜言之，故王厭也。飄風屯其相離兮，帥雲霓而來御。屯，庉也。風與火爲庉。詩曰：「大風有隧，貪人敗類。」雲霓，蒙邪之人也。以言大臣貪暴朋比，引進蒙暗邪淫於君所。紛總總其離合兮，班陸離其上下。陸離，歷録，文采之皃。言頃襄信讒，恖恖紛紛，乍離乍合，佞人辯詞，顛倒沮敗己謀也。吾令帝閽開關兮，倚閶闔而望予。時曖曖其將罷兮，結幽蘭而延佇。「吾令」云者，言己不知幾，猶謀反王也。帝，懷王也。關，秦武關也。閶闔又在其西。倚望者，帝也。幽蘭，新進賢士也。己知王望歸，故謀令閽開出之，而志不得遂，故更結賢人，少須時日也。

世溷濁而不分兮，好蔽美而嫉妒。言蔽其反王之美，妒其薦賢也。朝吾將濟於白水兮，登閬風而緤馬。白水自南陽至洵陽，今謂之白河，濟之從漢中入秦。登閬風，喻入秦從王也。緤馬，喻不進。己入秦，愈無外援也。忽反顧以流涕兮，哀高丘之無女。言楚國執政無人，當留輔政也。溘吾游此春宮兮，折瓊枝以繼佩。春宮，太子所居，喻頃襄也。溘然游之，言復歸仕之也。及榮華之未落兮，相下女之可詒。下女，頃襄用事者。吾令豐隆乘雲兮，求宓妃之所在。宓妃，齊女也。解佩纕以結言兮，吾令蹇修以爲理。纕，帣也。許慎書謂之援臂，如淳以爲收衣褎之繩，執事者所用也。徒鼓磬謂之蹇，徒鼓鐘謂之修。理，行人也。鐘磬，樂之始終；蹇修則未成音。言齊昏不成也。紛總總其離合兮，忽緯繣其難遷。復言此者，欲明再被譖也。緯，違。繣，劃也。言君忽又與己乖離也。遷，遷君於善也。言不悟也。夕歸次於窮石兮，朝濯髮乎洧盤。窮石、洧盤，皆在西極，以喻秦也。夕言懷王，朝言頃襄也。日入之地，而朝往濯髮，喻初政怠惰，自即於秦。保厥美以驕傲兮，日康娛以淫游。雖信美而無禮兮，來違棄而改求。保其美，貪父位也。信美無禮，無父之君，不可與立也。覽相觀於四極兮，周流乎天余乃下。望瑶臺之偃蹇兮，見有娀之佚女。有娀，商先后。佚，遺也。言欲更求楚宗室賢者立之。吾令鴆爲媒兮，鴆告余以不好。鴆，毒藥潛殺人者。廢立之謀甚祕，故必令鴆而媒之，鴆反告余不好之事，論不合也。雄鳩之鳴逝兮，余猶惡其佻巧。鳩，喻后妃。雄鳩，夫人預政者，蓋鄭袖也。亦不欲立頃襄，故鳴且逝，而佻巧可惡，尤不可與合謀。心猶豫而狐疑兮，欲自適而不可。外臣結謀，自託於宗室子，義不可也。鳳皇既受詒兮，恐高辛之先我。鳳，頃襄。皇，其臣也。詒，紿也，欺也。先我，先誅我也。高辛以言楚君也。己方被譖，又謀廢立事，雖成，君將先誅我。欲遠集而無所止兮，聊浮游以逍遥。楚君不可事，故欲遠集，身方見疑，又無所止也。及少康之未家兮，留有虞之二姚。少康未家，楚後王賢明能中興者也。欲留身待之，以薦進賢才。理弱而媒拙兮，恐導言之不固。直道不容，故又恐也。世溷濁而嫉賢兮，好蔽美而稱惡。閨中既邃遠兮，哲王又不寤。極言事君之難也。寤，遻也，遇也。懷朕情而不發兮，余焉能忍與此終古。楚終不可留，故不能復忍。

索藑茅以筳篿兮，藑茅，葍，荛，雀弁，一物也。蓋即茹藘，以染帢名靺，以染弁名荛。藑亦赤也，赤茅通靈，故又名茅蒐。蒐文从鬼、草，染祭服亦用之。索之者，其以蓍與筳維絲管。篿、篅通用字，判竹也。今卜者以竹籤書吉凶繇詞，摇得以判竹擲地，視其俯仰，其筳篿與？或者，筳篿當作筳蒲。索，繩也。織藑茅爲筳蒲，藉地以禮神也。命靈氛爲余占之。氛，望氣者。靈，巫也。將適他國，故謀於望氣者。曰兩美其必合兮，孰信修而慕之？孰，誰也，猶問也。訪問信修者，則往慕事之。思九州之博大兮，豈惟是其有女？不可斥言有君，故曰有女。曰勉遠逝而無狐疑兮，孰求美而釋女？何所獨無芳草兮，爾何懷乎故宇？女，汝也。世幽昧以昡曜兮，孰云察余之美惡？民好惡其不同兮，唯此黨人其獨異。民之好惡不同，惟黨人好邪惡正，其情如一，獨異於常也。户服艾以盈要兮，謂幽蘭其不可佩。覽察草木其猶未得兮，豈珵美之能當？草木，喻衆賢；珵美，自謂也。蘇糞壤以充幃兮，謂申椒其不芳。欲從靈氛之吉占兮，心猶豫而狐疑。巫咸將夕降兮，懷椒糈而要之。巫咸，楚先師。仍欲留楚，故要之也。百神翳其備降兮，九疑繽其竝迎。皇剡剡其揚靈兮，告余以吉故。不去則羣神佑之，故降迎告吉也。九疑，喻懷王也。曰勉升降以上下兮，求榘矱之所同。湯禹〔五〕儼而求合兮，摯咎繇而能調。勉其求賢待用也。摯薦臣扈，咎繇設九科，以喻大臣有進賢之職者，原自謂也。苟中情其好修兮，又何必用夫行媒。説操築於傅巖兮，武丁用而不疑。吕望之鼓刀兮，遭周文而得舉。甯戚之謳歌兮，齊桓聞以該輔。極言用賢無方，以明己無私黨。及年歲之未晏兮，言己方壯強也。時亦猶其未央。言國事尚未大壞也。恐鵜鴂之先鳴兮，鵜鴂當爲鷤鴂，伯勞也，五月乃鳴。注蓋以鵜鴂爲子規。使夫百草爲之不芳。王薨國破，則賢才無託也。何瓊佩之偃蹇兮，衆薆然而蔽之。惟此黨人之不諒兮，恐嫉妒而折之。己恐黨人嫉妒，黨人亦恐己嫉妒，故摧折所薦，使共疏遠原也。時繽紛其變易兮，又何可以淹留？蘭芷變而不芳兮，荃蕙化而爲茅。何昔日之芳草兮，今直爲此蕭艾也。豈其有他故兮？莫好修之害也。己既去國，所薦皆懼禍改行，靡然成風也。余以蘭爲可恃兮，羌無實而容長。初託子蘭，故責望之。委厥美以從俗兮，苟得列夫衆芳。椒專佞以慢慆兮，榝又欲充夫佩幃。椒，楚大夫子椒也。榝似椒者，亦大夫也。皆佞子蘭以求容。既干進而務入兮，又何芳之能祗。申椒固宜充幃而干進，則亦不芳也。祗，當爲祇，厚也。固時俗之從流兮，又孰能無變化？覽椒蘭其若茲兮，又況揭車與江離。椒、蘭，舊臣；藒、蘺，新進。從而變也。惟茲佩之可貴兮，委厥美而歷茲。茲佩，原自謂也。委其美者，蘭也。芳菲菲而難虧兮，芬至今猶未沫。沫，猶汙也。和調度以自娛兮，聊浮游而求女。及余飾之方壯兮，周流觀乎上下。

靈氛既告余以吉占兮，歷吉日乎吾將行。楚士盡變，留國無益，故仍從靈氛吉占，決去也。折瓊枝以爲羞兮，精瓊靡以爲粻。爲余駕飛龍兮，雜瑤象以爲車。飛龍，喻懷王也。九歌曰「飛龍兮翩翩」。瑤象，謂玉路、象路。雜之者，合從諸侯，以拒秦也。何離心之可同兮，吾將遠逝以自疏。離心，言王及令尹心與己異也。九章曰「駭遽以離心」，又曰「人之心不與吾心同」。莫親於父子，而離心不同，故當自疏也，此之謂「離騷」。邅吾道夫崑崙兮，君臣之義，無可自疏，繫心懷王，仍獨轉於昆侖也。路修遠以周流。揚雲霓之晻藹兮，鳴玉鸞之啾啾。雲霓，蔽遮王者。玉鸞，王車也。朝發軔於天津兮，夕余至乎西極。天津，漢津，仍欲從漢中入秦也。鳳皇翼其承旂兮，高翱翔之翼翼。旂，諸侯來助楚者所建也。承之者，楚臣屈原也。忽吾行此流沙兮，遵赤水而容與。麾蛟龍使梁津兮，詔西皇使涉予。路修遠以多艱兮，騰衆車使徑待。路不周以左轉兮，指西海以爲期。屯余車其千乘兮，齊玉軑而竝馳。駕八龍之婉婉兮，載雲旗之委蛇。流沙，弱水所入，今西藏地也。西皇，其地君長，三代不奉正朔，故皇之。不周在昆侖西北，今草地也。左轉，仍東向秦蜀也。西海，雍梁徼外地也。赤水，丹水。商於之北，謂之丹陽，屈匄敗師處也。武關道不可出，故容與不進也。秦之弱楚，在據巴、蜀，取夔、巫，以壓夷陵。今更欲從黔、滇通緬、藏，包雍、涼，窺蜀通巴，以復夔、巫。此原平生壯謀，有志而未得試者，故其詞夸壯。抑志而弭節兮，神高馳之邈邈。其志雖大，神雖高，終不可遂，徒抑之弭之，而愈馳耳。奏九歌而舞韶兮，聊暇日以媮樂。九歌，啓所得，言父子相繼也。韶，舜所作，異姓相代也。言頃襄爲子，不如異姓臣。陟升皇之赫戲兮，忽臨睨夫舊鄉。陟升，登也。赫戲，猶赫乎。古者戲、虖字通用。僕夫悲余馬懷兮，蜷局顧而不行。宗臣去國，仍當以楚爲本。不顧舊鄉，亦終於無成也。

亂曰：文意不明，故自叙之。已矣哉！國無人莫我知兮，國無人，時俗從流也。莫我知，蔽美稱惡也。又何懷乎故都？雖睨舊鄉，不可懷也。既莫足與爲美政兮，吾將從彭咸之所居。遠逝駕龍，徒高馳也。欲還秭歸，依舊都，終隱以老也。

【校勘記】

〔一〕三后，原作「三代」，據賦文改。

〔二〕死，原脱，據章句補。

〔三〕悲，原脱，據悲回風篇補，下同。

〔四〕殀，原作「妖」，據章句改。

〔五〕禹，原作「武」，據章句改。

楚詞釋二

王闓運注

九歌

王逸序曰：九歌者，屈原之所作也。昔楚南郢之邑，沅、湘之間，其俗信鬼而好祀，其祠必作樂鼓舞，以樂諸神。屈原放逐，竄伏其域，懷憂苦毒，愁思拂鬱。出見俗人祭祀之禮，歌舞之樂，其詞鄙陋，因爲作九歌之曲。上陳事神之敬，下以見己之寃結，託之以風諫。故其文意不同，章句雜錯，而廣異義焉。

此九歌十一篇。禮魂者，每篇之亂也。國殤舊祀所無，兵興以來新增之，故不在數。皆頃襄元年至四年初放未召時作，與離騷同時。

東皇太一

東皇，蒼帝靈威仰，周郊之所祀也。太一，中宮貴神，即帝坐也。楚蓋僭郊，故民有其祠。

吉日兮辰良，辰，時也。自雞鳴至夜半。穆將愉兮上皇。撫長劍兮玉珥，璆鏘鳴兮琳琅。瑤席兮玉瑱，瑱，當爲鎮，壓席玉也。湘夫人曰「白玉兮爲鎮」。瑱充耳，非其類。盍將把兮瓊芳。盍，詞也。離騷曰「溘吾游此春宮」。蕙肴蒸兮蘭藉，肴蒸，即殽爾折俎也。以蕙爲和，編蘭藉鼎。奠桂酒兮椒漿。揚枹兮拊鼓，疏緩節兮安歌，陳竽瑟兮浩倡。疏，猶閒也。靈偃蹇兮姣服，芳菲菲兮滿堂。五音紛兮繁會，君欣欣兮樂康。此篇娛神之詞，無託喻也。

雲中君

雲中，楚澤所謂雲杜、雲夢者。君，澤神也。

浴蘭湯兮沐芳，華采衣兮若英。若英，如花英也。靈連蜷兮既留，爛昭昭兮未央。蹇將憺兮壽宮，與日月兮齊光。龍駕兮帝服，聊翱游兮周章。靈皇皇兮既降，猋遠舉兮雲中。覽冀州兮有餘，冀州，京師之稱。穀梁傳曰：「鄭在乎冀州。」橫四海兮焉窮。思夫君兮太息，極勞心兮𢥞𢥞。夫君，喻楚王也。有廣大之地而不能自强，故勞也。

湘君

湘君，洞庭之神。

君不行兮夷猶，蹇誰留兮中洲。美要眇兮宜修，君，喻懷王。美，自謂也。沛吾乘兮桂舟。令沅湘兮無波，使江水兮安流。洞庭所呑吐，三水爲大。言己能安定楚也。望夫君兮未來，吹參差兮誰思？駕飛龍兮北征，邅吾道兮洞庭。薜荔拍兮蕙綢，蓀橈兮蘭旌。頃襄初立，召原謀反懷王，故駕飛龍也。當求賢草野，故邅道也。拍綢、橈旌，謂以旌來招也。拍，蓋帛也。綢，綢杠也。橈，亦旒也。司馬相如賦曰「靡魚須之撓旃」。注以拍爲搏壁，橈爲小楫。蓀不可爲楫，道上又無壁也。望涔陽兮極浦，橫大江兮揚靈。涔陽，池涔之陽，洞庭之北也。靈，舲船也。揚靈兮未極，女嬋媛兮爲余太息。極，至也。女，喻賢士也。橫流涕兮潺湲，隱思君兮陫側。陫，隱也。桂櫂兮蘭枻，枻，曳船索也。斲冰兮積雪。冰、雪，喻小人。方斲冰，而又積雪，讒諛盛也。采薜荔兮水中，搴芙蓉兮木末。薜荔、芙蓉，喻近臣也。思美人曰「令薜荔而爲理」、「因芙容而爲媒」。心不同兮媒勞，恩不甚兮輕絕。言己於嗣君心異恩淺，欲因近臣以自達，乃又不知所以求，故勞而輕絕。石瀨兮淺淺，飛龍兮翩翩。石瀨，喻國事阻難也。飛龍翩翩，懷王去而不反也。交不忠兮怨長，期不信兮告余以不閒。期，約反王也。抽思曰「昔君與我誠言兮，曰黃昏以爲期」，又曰「與余言而不信」。朝騁騖兮江皋，夕弭節兮北渚。北渚，今沙市地也。聞召而喜，故騁騖；近郢而事變，故弭節。鳥次兮屋上，水周兮堂下。居不安也。捐余玦兮江中，大夫見放，得玦則去，不欲去，故捐玦也。雖知心不同，猶望有濟。遺余佩兮澧浦。遺，詒也。澧浦，由江入沅之道。詒之佩者，自放所召之。采芳洲兮杜若，將以遺兮下女。杜，土衡。下女，嗣王也。凡草可采者爲若。采杜若者，欲且連衡也。

時不可兮再得，聊逍遥兮容與。嗣君初立，内外改觀，彊弱在此時，不可輕舉也。

湘夫人

湘夫人，蓋洞庭西湖神，所謂青艸湖也。北受枝江，東通岳、鄂，故以配湘。湘以出九疑，爲舜靈，號湘君。以二妃嘗至君山，爲湘夫人焉。

帝子降兮北渚，北渚，渚宫，在洞庭之北，堵江而居，今沙市是也。目眇眇兮愁予。頃襄初立，郢受蜀下流，故遠望而愁。嫋嫋兮秋風，洞庭波兮木葉下。洞庭波，國不甯也。木葉下，危將隕也。登白薠兮騁望，與佳期兮夕張。薠，苹之大者。一曰馬帚，蒲類也。葉背白，水瀕所在有之。結爲席以禮神，故登之也。禮所謂「芐蒻編以爲器，則謂之笲矣」。夕張者，所謂與〔一〕曛黄以爲期，言密謀反懷王。鳥萃兮蘋中，罾何爲兮木上。此蘋字當作苹。萃蘋者，水鳥也。罾，即网也。取鳥者當於木，然取水鳥於木，則誤也。沅有芷兮澧有蘭，思公子兮未敢言。荒忽兮遠望，觀流水兮潺湲。芷、蘭，喻賢材也。沅、澧，言幽僻也。上之求賢乖方，故隱僻之賢，雖思君而不敢進。麋何食兮庭中，蛟何爲兮水裔？朝馳余馬兮江臯，夕濟兮西澨。麋之言迷也。食亦爲也。言執政在廷迷惑也。蛟，龍類，鄰國君象也。水裔，水邊。言遠不相及，喻合從不成也。西澨，三澨最西，入秦之道。言君召己，則當先謀入秦迎王。聞佳人兮召余，將騰駕兮偕逝。騰駕、偕逝，六國合謀也。離騷經曰「騰衆車使徑待」。築室兮水中，葺之兮荷蓋。

水中築室，其事難成，而已以荷蓋葺之。喻不辟難，終冀可成也。蓀壁兮紫壇，播芳椒兮盈堂。桂棟兮蘭橑，辛夷楣兮葯房。罔薜荔兮爲帷，擗蕙櫋兮既張。白玉兮爲鎮，疏石蘭兮爲防。芷葺兮荷屋，繚之兮杜衡。言葺荷屋，則用此衆芳。喻任己則當薦衆賢也。蘭橑，玉篇引作「欄橑」。欄、棟古今字。橑，椽也。楣、櫋，皆屋宇也。橫者曰楣，直者曰櫋。擗，當爲擘，分也。鎮，柱礎。防，渠甃。合百草兮實庭，建芳馨兮廡門。廡，覆也。門在外，以喻國四境也。言賢人充庭，則國勢外强。九疑繽兮竝迎，九疑，舜巡之地。竝迎者，迎其來也。喻懷王客秦，當合衆材，迎其還楚。靈之來兮如雲。捐余袂兮江中，捐袂，投袂，起赴難也。遺余褋兮澧浦。褋，褻衣也。貽褋者，喻密謀。搴汀洲兮杜若，將以遺兮遠者。搴，擥也。汀洲，平洲。遠者，謂懷王。時不可兮驟得，驟，遽也。王不能遽返，當待可而後發。聊逍遥兮容與。

大司命

大司命，王七祀之神。

廣開兮天門，紛吾乘兮玄雲。令飄風兮先驅，使涷雨兮灑塵。飄，疾風。涷，暴雨。喻疾急也。君回翔兮已下，踰空桑兮從女。女，斥君也。空桑，伊尹所居。喻輔嗣君之意。紛總總兮九州，何壽夭兮在予。總總，悤悤，亂皃。九州方亂，民命在王一人也。高飛兮安翔，乘清氣兮御陰陽。吾與君兮齊遬，道帝之兮九阬。清氣，喻初政當清明也。齊遬，敬疾也。帝，謂懷王也。阬，虛也。九阬，九州空虛之地。欲道王從間道以歸。靈衣兮披披，玉佩兮陸離。壹陰兮壹陽，衆莫知兮余所爲。衣佩，見於外者也。披離，不檢束之意。哀郢曰「妒被離而鄣之」。壹，猶專也。陰隱陽見，專任其意。言己謀策不求諒於衆，故有私黨之疑。折疏麻兮瑶華，將以遺兮離居。疏麻可書，言將通問懷王。老冄冄兮既極，不寖近兮愈疏。老，謂懷王已傳國也。將愈疏於臣民，故當近之。乘龍兮轔轔，高馳兮沖天。結桂枝兮延佇，羌愈思兮愁人。桂木赤心，以自喻也。乘龍者，嗣王也。轔轔難進，馳則沖天，言但欲自尊立。愁人兮奈何，願若今兮無虧。固人命兮有當，孰離合兮可爲？祝懷王無死，己則誓死也。

少司命

羣姓七祀之神。或者，楚都邑同諸侯五祀。

秋蘭兮麋蕪，羅生兮堂下。麋蕪，蘄茝。茝，白芷也，與蘭皆沐香。緑葉兮素枝，芳菲菲兮襲予。緑葉，蘭也。素枝，麋蕪。夫人兮自有美子，蓀何以兮愁苦。蓀，草之抽心重發者，以自喻也。舊以荃、蓀爲一字，荃以擬君，詞不可若此，非也。美子，嗣君也。父子恩親，己不宜與其憂也。秋蘭兮青青，緑葉兮紫莖。滿堂兮美人，忽獨與余兮目成。美人，喻君也。滿堂者，言宗室子皆可立。然己受懷王恩厚，獨異於衆，故以反王爲己任，終不能自已。專言秋蘭者，明芳菲襲予者，即己同列。己自比蘭蓀也。入不言兮出不辭，乘回風兮載雲旗。喻懷王見欺而去，己不及與謀。　悲莫悲兮生別離，樂莫樂兮新相知。　與君生離，誠可悲也；而衆立新主，又方甚樂。　荷衣兮蕙帶，儵而來兮忽而逝。　夕宿兮帝郊，君誰須兮雲之際。　荷、蕙，喻己放在野也。　來逝儵忽，言召己未久，仍見疑也。　帝郊，郢都。　雲際，言客秦也。　至國而不見君，則悲難自已。　與女游兮九河，衝風至兮水揚波。　與女沐兮咸池，晞女髮兮陽之阿。　九河，齊地。　咸池，東地，亦喻齊也。　衝風起，破散其計也。　晞髮自新，以結交於齊，結齊以攻秦也。　望美人兮未來，臨風怳兮浩歌。　孔蓋兮翠旍，登九天兮撫彗星。　竦長劍兮擁幼艾，荃獨宜兮爲民正。　言必反懷王，乃可定國。　荃，懷王也。　獨宜，駮頃襄不宜。

東君

蓋句芒之神。　舊以爲禮日，文中言「靈蔽日」，則非。

暾將出兮東方，照吾檻兮扶桑。　檻，攬也，今作擥，或作攬。　擥扶桑者，喻欲輔嗣君。　撫余馬兮安驅，夜皎皎兮既明。　駕龍輈兮乘雷，載雲旗兮委蛇。　長太息兮將上，心低回兮顧懷。　恐嗣君不堪其位也。　羌聲色兮娛人，觀者憺兮忘歸。　言將爲聲色所娛惑，忘懷王未歸也。　緪瑟兮交鼓，簫鐘兮簫鐘，未詳。　蓋以音合簫韶爲美。　瑤虡。　鳴篪兮龡竽，思靈保兮賢姱。　翾飛兮翠曾，展詩兮會舞。　翠曾，猶青冥也。　曾，重也。　應律兮合節，靈之來兮蔽日。　青雲衣兮白霓裳，舉長矢兮射天狼。　操余弧兮反淪降，援北斗兮酌桂漿。　言既射天狼而反淪降之魂，乃後可宴樂也。撰余轡兮高馳翔，杳冥兮以東行。撰，具也。

河伯

楚北境至南河，故莊子書亦言河伯。

與女游兮九河，衝風起兮水横波。原於懷王十八年使齊，故嘗游九河。乘水車兮荷蓋，駕兩龍兮驂螭。螭，無角龍。登崑崙兮四望，心飛揚兮浩蕩。崑崙，西極山。言懷王惑秦僞説而絶齊也。日將暮兮悵忘歸，惟極浦兮寤懷。言既客秦，復思齊也。魚鱗屋兮龍堂，紫貝闕兮朱宮，靈何爲兮水中。言齊有甲兵府庫，宜西向争衡天下。乘白黿兮逐文魚，與女游兮河之渚，流澌紛兮將來下。流澌，解凍。喻難可解也。子交手兮東行，送美人兮南浦。子，謂嗣君也。美人，懷王。南浦，江南國。波滔滔兮來迎，魚鱗鱗兮媵予。喜齊兵之見助也。

山鬼

鬼，謂遠祖。山者君象，祀楚先君無廟者也。易曰：「載鬼一車。」禮：「有禱，則索鬼祭之。」記曰：「去壇爲鬼。」

若有人兮山之阿，被薜荔兮帶女蘿。既含睇兮又宜笑，子慕予兮善窈窕。含睇下視，宜笑愉色，以迎神也。子，謂嗣君也。窈窕，幽閒。言己見放也，慕而善之，復見用也。乘赤豹兮從文貍，辛夷車兮結桂旗。被石蘭兮帶杜衡，折芳馨兮遺所思。言己引進賢材以謀國政。余處幽篁兮終不見天，路險難兮獨後來。余，先祖自余也。夔、巫深山多竹，阻絶虧蔽，楚之舊都久成荒廢，故先祖自訴其險難。表獨立兮山之上，雲容容兮而在下。杳冥冥兮羌晝晦，東風飄飄兮神靈雨。留靈修兮憺忘歸，歲既晏〔一〕兮孰華予。忘歸，楚日益東也。歲晏，國將亡也。榮，華也。采三秀兮於山間，石磊磊兮葛蔓蔓。怨公子兮悵忘歸，君思我兮不得閒。公子，頃襄也。頃襄所忘者，歸懷王也。君，斥山鬼也。懷王未歸，不暇還故都。山中人兮芳杜若，飲石泉兮蔭松柏，君思我兮然疑作。山中人，謂賢人也。賢者皆隱居故都不出，故或信或疑其謀國之不忠。靁填填兮雨冥冥，蝯啾啾兮狖夜鳴。風颯颯兮木蕭蕭，思公子兮徒離憂。言故國荒僻，禍難又急，頃襄不可輔也。

國殤

新戰没士，將非舊典所有，蓋原私祭之也。

操吴戈兮被犀甲，車錯轂兮短兵接。旌蔽日兮敵若雲，矢交墜兮士争先。陵余陣兮躐余行，左驂殪兮右刃傷。霾兩輪兮縶四馬，援玉枹兮擊鳴鼓。天時墜兮威靈怒，言天時雖當亡隕，威神自勇也。嚴殺盡兮棄原壄。出不入兮往不反，平原忽兮路超遠。帶長劍兮挾秦弓，首雖離兮心不懲。誠既勇兮又以武，終剛强兮不可陵。身既死兮神以靈，魂魄毅兮爲鬼雄。

禮魂

蓋迎神之詞，十詞之所同。

盛禮兮會鼓，傳芭兮代舞，芭，今花字。姱女倡兮容與。春蘭兮秋菊，長無絶兮終古。

【校勘記】

〔一〕與，原作「指」，據思美人改。

〔二〕晏，原作「宴」，據章句改。

楚詞釋三

王闓運注　陳兆奎補

天問

王逸叙曰：天問者，屈原之所作也。何不言問天？天尊不可問，故曰「天問」也。屈原放逐，憂心愁悴，彷徨山澤，經歷陵陸，嗟號昊旻，仰天歎息。見楚有先王之廟及公卿祠堂，圖畫天地山川神靈，琦瑋僪佹，及古賢聖怪物行事。周流罷倦，休息其下，仰見圖畫，因書其壁，呵而問之，以渫憤懣，舒瀉愁思。楚人哀惜屈原，因共〔一〕論述，故其文義不次序云耳。

叔師後叙曰：「昔屈原所作凡二十五篇，世相教傳，而莫能説。天問以文義不次，又多奇怪之事，自太史公嘗論道之，多所不通。至於揚雄、劉向援引傳記以解説之，亦不能詳悉。所闕者衆，多無聞焉。既有解説，乃復多連蹇其文，濛澒其説，故厥義不昭，微旨不晳。自游覽者，靡不苦之，而不能照也。今則稽之舊章，合之經傳，以相發明，爲之符驗。章决句斷，事事可曉，俾後學者永無疑焉。」其叙自謂可曉，今仍不能悉詳，又不見所出，或有顯誤，故不復强釋也。

補曰：天問歷叙天地靈異、帝王興敗之故，皆據時事而言，故篇中皆設難詞以起之。大略分爲三節：首陳天文，以明六國强弱之埶。次陳山川物産，以喻望懷王歸國之意。末陳古事，以諷頃襄仍當合從復讎，求賢共治，及己忠憤之節。原先以作離騷而見忌，故是篇文彌晦而意彌周，不失變風之義。冀言者無罪，聞者足戒也。是篇之成，當在懷王入秦以後、再放之前。今據史釋注，粲然成章。王叔師謂書壁而問，非其實矣。

曰：本録斷句，未題先後，因題「曰」以總之。補曰：將設問詞，故先題「曰」起之。遂古之初，誰傳道之？上下未形，何由考之？補曰：遂古成事，本不必説。明己所説者，皆有所據。冥昭瞢闇，誰能極之？馮翼唯像，何以識之？馮翼，養老之禮。言訪古事當於老成。補曰：詩曰「有馮有翼」。馮，馮几。翼，杖也。養老之禮。像，法也。原歷官懷王，自託老成，能識遺事，而頃襄不能問之。凡言「何以」者，皆據以發明時事。明明闇闇，惟時何爲？陰陽三合，何本何化？陰陽地天合之者，人也。三者，以人爲化本。補曰：自古人君，即有明闇二者，以明三合爲本也。圜則九重，孰營度之？惟兹何功，孰初作之？斡維焉繫？天極焉加？則，法也。天圜無質，而法人宮室有九重，言君當任臣。補曰：喻周綱已絶，無皇極也。八柱何當？東南何虧？補曰：八柱，八部之説，淮南子亦言之，喻八國也。言燕、趙、韓、魏、中山、齊、秦、楚皆執不相下。東南，專指楚也。九天之際，安放安屬？補曰：放讀若「放于琅邪」之放。屬，附也。言己將何所至、何所附乎？不可同于游説之士也。隅隈多有，誰知其數？隅、隈，喻列國割據。補曰：數，道術也。列國多説士，而無知大道者。天何所沓？十二焉分？日月安屬？列星安陳？沓，重也。十二分野地，言因各封域。補曰：日月，喻東西周。時秦惠初稱王，王赧治西周，楚送太子咎治東周。二周微弱，日爲秦所侵。楚救之不時，反以致怨，所以將安屬乎？列星，謂山東諸侯，亦無救者。出自湯谷，次於蒙汜。自明及晦，所行幾里？言王即位至終，無幾何時也。夜光何德，死則又育？厥利維何，而顧菟在腹？死，喻懷王見拘留也。菟，喻讒臣也。顧腹，父母之恩也。月無利於菟，王無利於讒。何爲顧之、腹之？補曰：菟、兔古今字。夜光，月也。月生於西，喻秦。兔，讒臣之喻，靳尚也。在腹者，尚爲秦内應也。懷王與齊爲從親，秦患之，使張儀入楚。儀善靳尚，因而説王絶齊。齊、秦交合，是秦之利。篇中兩言「厥利維何」，皆言交涉事。女歧無合，夫焉取九子？伯强何處？惠氣安在？按下文「女歧縫裳」注，又以爲澆嫂。補曰：女歧，澆嫂，失節之婦。伯强，厲鬼，所至傷人。喻張儀遊説之臣無從一之義，所至之國，終爲秦并。懷王不應信用儀言，以傷齊、楚惠和之氣。何闔而晦？何開而明？角宿未旦，曜靈安藏？補曰：言閉絶六國則晦，連合東南則明也。角宿，韓分埜。韓足制秦出師之路。曜靈，指齊。角宿旦則無光，曜靈藏則入于西。今韓尚能自立，齊雄視東方，是未旦安藏也。楚欲伐秦，終當聯絡二國可恃也。

不任汩鴻，師何以尚之？僉曰：「何憂？」何不課而行之？汩，治。鴻，洚水。師，衆。尚，舉也。以鮌自喻也。補曰：言懷王不用其言，先何必舉爲左徒？鴟龜曳銜，鮌何聽焉？順欲成功，帝何刑焉？永遏在羽山，夫何三年不施？鴟龜曳銜，蓋水怪敗鮌功者也。聽，治也。言不當遽治鮌罪。順欲者，禹也。禹修鮌之功，順鮌欲而成其治也。補曰：鮌，原自喻也。離騷經曰「鮌婞直以亡身」。原先造憲令，上官大夫欲奪之。不與，因讒見絀。言先若聽而與之，當有所成功，何至三年不見弛釋耶？懷王十六年，張儀入楚。至十八年，方三年耳，楚解從喪師。原是時方見疏遠，新從齊來，感王不用己，而誤信儀言，遂絶齊交。因述往日見絀之由，以傷今焉。伯禹腹鮌，夫何以變化？補曰：伯禹繼鮌者，言所舉賢才也。離騷曰「孰能無變化」，因原去而變也。纂就前緒，遂成考功。何續初繼業，而厥謀不同？洪泉極深，何以窴之？地方九則〔二〕，何以墳之？應龍何畫？河海何歷？補曰：洪泉，海也，喻齊。九州之墳，雍州也，斥秦。河，亦秦。海，亦齊也。應龍，以自喻。鮌何所營？禹何所成？補曰：鮌雖無成，有禹繼業。言己既退，竟無人能成其志者。康回馮怒，墜何故以東南傾？康回，當作「庸回」。曰「共工謂靖庸回」。馮怒，言水埶怒。　補曰：楚地緜亘，東南而傾，靡不能自振，其有天意與？九州安錯？川谷何洿？錯，置也。言天無止極，九州浮水至於何處？川谷何以常洿不隆？　補曰：川谷，喻六國兵不堪用，一戰即敗。東流不溢，孰知其故？補曰：東流指齊。齊大國，兵强，亦爲秦敗，不知其故安在？東西南北，其修孰多？補曰：言合從不敵秦也。南北順橢，其衍幾何？補曰：地形如橢圜，順之者以南事北也。南北，由楚入秦也。幾何，入秦道遠也。崑崙縣圃，其尻安在？或以尻爲尻。　補曰：崑崙縣圃，大帝之居。言王在秦何所棲止也？增城九重，其高幾里？補曰：言去楚則不能高也。四方之門，其誰從焉？西北辟啟，何氣通焉？言懷王西客不知所居，無門從入，以通其氣也。　補曰：謀出秦之路也。

日安不到？燭龍何照？羲和之未揚，若華何光？未揚，言不用也。若華，西日。無光，懷王不用。　補曰：燭龍、若華，諷懷王從西北歸蜀也。何所冬煖？何所夏寒？頃襄新立，諛臣甚衆，能令冬暖。　懷幽已放，在夏猶寒。　補曰：楚地冬暖，秦則夏寒。何所，猶言何地也。原怨王不用其言而困于秦，節序遷移，當有懷土之感。　亦愛君而憂之。焉有石林？石林，石生若林，夔、巫諸山是也。何獸能言？焉有虬龍，舊作虯龍。負熊以遊？雄虺九首，儵忽焉在？何所不死？長人何守？以上言懷王見拘。　補曰：凡言「何在」、「何所」、「焉有」，皆所有之物。此皆西南方所產。靡蓱九衢，枲華安居？一蛇吞象，厥大何如？黑水玄趾，三危安在？

延年不死，壽何所止？蓱，馬帚。靡，蓋掃拂之貌也。枲麻之華黃白瑣細，飛於九達之道，又以馬帚掃之，則愈無所見，喻己之失所也。蛇喻秦，象喻懷王。黑水，滇池西南藏江入南海者也。玄當爲交，形近而誤。三危，今西藏。其地連廣西、貴州、雲南、四川、甘肅，當荆、梁、雍之邊。黑水、交趾，楚屬地。三危，秦蜀地。楚自夔、巫通巴、蜀，出三危，以襲秦西邊，黑水、交趾，聲埶相接。此制秦一奇，楚力能通之。計不出此，屈子所以悲憤也。身死則已，不死，能無怨乎？補曰：言秦欲吞并楚，故留懷王。頃襄即當出兵黑水、三危，以迎王歸國，然後可免於死。鯪魚何所？鬿堆焉處？羿焉彃〔三〕日？烏焉解羽？鯪魚，鯪鯉，能穿土石而行。鬿堆，魁魋，蓋堆垍之名；或云奇獸。莊子言「十日并出」，莊、屈同時，不知羿射日出何書？周官有救日之弓，山海經言扶桑十日所浴，是歟？補曰：鯪魚人面人手，鬿堆食人，見山海經。羿射九日，皆喻秦有并滅之志。

禹之力獻功，降省下土四方。焉得彼嵞山女，而通之於台桑？補曰：禹，喻懷王。嵞山女，喻王寵姬鄭袖。閔妃匹合，厥身是繼。胡嗜欲不同味，而快朝飽？嗜欲朝飽，蓋謂媵臣負鼎之事。補曰：王信鄭袖言，縱其所欲，不顧後患。此追叙之也。啟代益作后，補曰：啟喻頃襄。卒然離蠥。何啟惟憂，而能拘是達？蓋言益因啟，啟卒自免出。皆歸射鞠，而無害厥躬。射鞠，謂飲射、蹋鞠、六博諸燕戲也。蓋拘啟者，歸而飲博，啟因得免也。蹋鞠，蓋所作戲。何后益作革，而禹播降？言益爲禹臣，暇作革戲，何禹乃勤苦播種。補曰：禹以播種之功而受舜禪，益則受禹禪而亡身，啟卒得立，是作革也。作革，猶言始變也。言頃襄本非賢君，又不可有禪代之事，故不得已立之，如啟承禹祀也。啟棘賓商，九辯九歌。何勤子屠母，而死分竟地？棘，戟也。商，蓋帝之誤。啟列戟儐於上帝，或者悲秋，題九辯。辯，商音也。得九平九歌之樂於帝。九平，謂禹平九州也。呂覽説：夏孔甲於東陽萯山入艮室，主人方乳子。或曰：后必有殃。乃取其子以歸，長成人，斧傷其足。孔甲作破斧之歌，實始爲商音。補曰：九辯、九歌，夏康以娛。五子失地，啟終不能勤子也。言頃襄弟子不能自立。帝降夷羿，革孽夏民。胡羿射夫河伯，而妻彼雒嬪？謂太康、五子失邦在洛汭，羿遂有其室，居其宮。馮珧利決，封豨是射。何獻烝肉之膏，而后帝不若？浞娶純狐，眩妻爰謀。何羿之射革，而交吞揆之？馮，猶滿也。弓玉緣曰珧，天子弓飾也。決，在指開弦者。烝，冬祭名。射封豨以祭，非禮也。射革，射貫革也。揆，謀也。浞夫婦昏眩，何以交謀吞羿？補曰：羿善射，而爲浞所殺。言爲君不可專恃威力。阻窮西征，巖何越焉？阻窮西征，謂竄三苗于三危，窮之巖阻。補曰：秦有函、殽之巖險，頃襄暫不必窮武西征，方當以用賢爲先務。化而爲黄熊，巫何活焉？謂殛鮌羽山，巫活之，乃化熊也。補曰：懷王時，原方見黜，如鮌栖羽淵。頃襄立，用事者復舉原，如巫之活黄熊耳。咸播秬黍，補曰：咸，巫咸也。巫活之，咸食之。咸與上巫字對文。莆雚是營。何由并投，而鮌疾修盈？補曰：言欲種秬黍，當先營刈惡艸；求賢士，則當屏絶幸臣，竝立于朝，則徒以害賢而已。鮌，原自喻也。

白蜺嬰茀，胡爲此堂？補曰：白蜺，雌虹。嬰，繞。茀，蔽也。言秦以昏姻先害懷王，頃襄七年，又以和親相羈縻也。安得夫良藥，不能固藏？補曰：良藥，苦口之言。是時懷王已死，無所顧忌，勸王絶昏，王不能善其言。天式從横，陽離爰死。補曰：從横之説不兩立，天本以法示之。東南爲陽，陽離從解也。頃襄立，未能連交山東諸國，反與秦爲好，故云然。大鳥何鳴，夫焉喪厥體？補曰：大鳥，喻秦。史記：楚人繳鴈者説頃襄，謂秦如大鳥。其所以鳴，因楚不察國體，忘讎締昏，以致散亡。夫，指頃襄也。蓱號起雨，何以興之？補曰：頃襄先爲太子時，質于齊。昭睢赴齊求之反，立爲王。蓱號，雨師。謂昭睢興中興，初意立頃襄，本期中興也。撰體協脅，鹿何膺之？補曰：協脅，脅骨駢生。鹿，五鹿。左氏傳載晉文公觀脅于曹，授塊于五鹿。以喻頃襄初立，當如晉重耳之霸諸侯。鼇戴山抃，何以安之？釋舟陵行，何以遷之？補曰：戴蓬萊山事，見列子，山在齊境。言頃襄之歸，賴齊力以安，即位後，宜申舊好。若絶齊，是猶釋舟而陸行也。惟澆在户，何求於嫂？何少康逐犬，而顛隕厥首？女歧縫裳，而館同爰止。何顛易厥首，而親以逢殆？按女歧，九子母也。下又曰「擊牀先出」，是則澆館女歧，少康擊之其牀，澆已先出矣。又因逐犬，入澆嫂之户，乃得殺澆也。補曰：少康殺澆，遂以中興。言頃襄亦宜誅斥子蘭等諸讒媚之臣，清内奸，然後可禦外侮也。湯謀易旅，何以厚之？覆舟斟尋，何道取之？論語「澆盪舟」，蓋以斟尋氏俱以舟師拒少康也。湯，即盪也。易，治也。厚治其師旅。補曰：言治國不可專恃江漢舟楫之利，當有道在。桀伐蒙山，何所得焉？妹嬉何肆？湯何殛焉？言有國者不可惑女侍而治，亡國之罪不在女。

舜閔在家，父何以鱞？堯不姚告，二女何親？喻頃襄忘父則無親也。補曰：言鄭袖不足殛。二姚以配少康當告，以堯、舜禪代故事，乃不忘親也。離騷曰堯舜耿介，又曰有虞二姚。厥萌在初，何所億焉？璜臺十成，何所極焉？叔師說紂作璜臺十成，箕子預見萌牙之端，於其作象箸而歎，非虛意之也。今謂置女璜臺，以求配天，初何以萌此意？補曰：言楚亡有徵，非爲虛億。登立爲帝，孰道尚之？女媧有體，孰制匠之？謂初立帝者，以何道而共尊立之？女媧摶人制衆體，則其體當由誰匠所制？補曰：女媧摶人，以有道方可爲君，不然與愚下何異。舜服厥弟，終然爲害。何肆犬體，而厥身不危敗？服，治也。肆，分牲體之名也。分犬體，事未詳。以爲恣犬心，則不詞矣。補曰：服，順也。言子蘭便佞，頃襄不應與弟以國事，終將誤國。吳獲迄古，南嶽是止。孰期去斯，得兩男子？吳獲，蓋吳泰伯之名也。迄，止也。古公不承其統緒也。叔師說兩男泰伯、仲雍。補曰：頃襄若不誅子蘭，則當出之吳、越，不可與以令尹。或者可如泰伯、仲雍，去周而開吳。緣鵠飾玉，后帝是饗。謂饗湯也。何承謀夏桀，終以滅喪？補曰：言己能謀秦也。帝乃降觀，下逢伊摯。何條放致罰，而黎伏大悅？引伊尹之事，以明人無親疏也。補曰：見求賢，則足以平天下。簡狄在臺嚳何宜？玄鳥致貽女何喜？喜，宜作嘉。古人讀宜爲牛何反，正與嘉爲韻。顧處士說。補曰：玄鳥得子之祥。是時頃襄子熊元當已生。該秉季德，厥父是臧。胡終弊于有扈，牧夫犬羊？下言恒秉季德得朴牛，又言有扈牧豎，與此相通。該、恒蓋人名，未詳其事。干協時舞，何以懷之？平脅曼膚，何以肥之？干，盾也。舞有干舞。平脅，駢脅。事未詳。有扈牧豎，云何而逢？擊牀先出，其命何從？此言少康襲澆于女歧之館，澆先已出，唯擊其牀，天何以順其命也？逢牧豎于逐犬時，又何以得澆？恒秉季德，焉得夫朴牛？朴牛，犦牛也。朴，特，牛父。何往營班禄，不但還來？昏微遵迹，有狄不甯。何繁鳥萃棘，負子肆情？謂此類姜嫄之事。循迹，即履帝拇也。詩曰「上帝不甯」。繁鳥負子，所謂鳥覆翼之餘，雖不可知，似畧近矣。補曰：萃棘，當即詩所謂「墓門有棘」。鳥，當即「有鴞萃止」，因「有梅」襲上「有棘」而誤。鴞，惡聲鳥，所鳴其國有禍。梅，媒也，喻女誘人。彼刺陳有禍而不知，以喻秦以昏姻連楚，而頃襄不知禍至無日，方且自負其姻好之情。眩弟竝淫，危害厥兄。何變化以作詐，後嗣而逢長？眩，惑，謂象也。補曰：眩弟，象也，喻子蘭變化作詐。謂子蘭懼人之咎己，勸懷王入秦，復附合新君，因得爲令尹。成湯東巡，有莘爰極。何乞彼小臣，而吉妃是得？水濱之木，得彼小子。夫何惡之，媵有莘之婦？吉，蓋湯妃之氏。補曰：水濱木，空桑也。言任賢無方。湯出重泉，夫何罪尤？不勝心伐帝，夫誰使挑之？叔師曰：重泉，桀囚拘湯之地。補曰：懷王死秦，是有隙可挑也。頃襄伐秦，爲父報讎，義正言順，當如湯之伐桀。

會朝争盟，何踐吾期？補曰：言諸侯不相下，終恐不能踐約。其後十八年，頃襄遣使復合從，果中輟不行，如所言。蒼鳥羣飛，孰使萃之？列擊紂躬，叔旦不嘉。何親揆發足，周之命以咨嗟？擊紂躬，謂斬紂首也。發，武王名。揆，當爲撥。撥，蹋也。周公蹋武王足，因發咨嗟之命。補曰：原又自比周旦也。不嘉，丕嘉也。授殷天下，其位安施？反成乃亡，其罪伊何？反成，往伐歸狩，作武成也。武王反國作武成，而殷乃亡也。争遣伐器，何以行之？竝驅擊翼，何以將之？補曰：伐器，伐殷所得器。遣之者，以分諸侯也。陳殷、周興亡之道，明楚國不可苟安。昭后成遊，南土爰底。厥利維何，逢彼白雉？補曰：此又復述懷王入秦之故。昭王南征不復，喻王客死也。越裳貢雉，如秦獻商於地，貪小利而身死，故重述之以戒嗣王，明秦讎也。穆王巧挴，夫何爲周流？彊理天下，夫何索求？妖夫曳衒，何號于市？周幽誰誅？焉得夫褒姒？挴，鋂也，言犬馬是好。衒，行賣也。曳，謂夫妻相牽引。妖夫，周宣時，賣檿弧箕服者。言天使妖夫得褒姒，則不必誅周幽。補曰：妖夫，喻張儀。褒姒，喻鄭袖。言懷王先内惑于鄭袖，外欺於張儀，所以兵挫地削。天命反側，何罰何佑？齊桓九會，卒然身殺。喻秦不足畏也。補曰：桓公九會，死于豎刁、開方。謂懷王曾爲從長而終敗，其咎在任用靳尚等也。

彼王紂之躬，孰使亂惑？何惡輔弼，讒諂是服？比干何罪，而抑沈之？雷開阿順，而賜封之金？補曰：比干，原自謂也。阿順，何順字誤，指靳尚也。何聖人之一德，卒其異方？梅伯受醢，箕子詳狂。補曰：言臣之事君，可死可不死，各有異方而其德一。稷維元子，帝何竺之？竺，毒也，猶恨也。元子，謂元妃之子。帝嚳不子之。投之於冰上，鳥何燠之？何馮弓挾矢，殊能將之？既驚帝切激，何逢長之？此疑俗傳稷長大伐嚳，驚嚳至切激也。伯昌號衰，秉鞭作牧。何令徹彼岐社，命有殷國？號，召也。當衰世召諸侯以事紂。徹，達也。言文王政令，但能達于岐社，何以能命殷國？補曰：文爲殷牧，尚能起衰，以有殷國。況楚與秦同爲列國，而可不修德耶？遷藏就岐何能依？補曰：欲頃襄遷都避秦，如太王之避狄也。殷有惑婦何所譏？受賜茲醢，西伯上告。何親就上帝罰，殷之命以不救？言君亦天也，既親就上帝受命矣，則殷帝不可罰。師望在肆昌何識？鼓刀揚聲后何喜？志，識。揚聲，謂以屠名也。補曰：當求隱士，與議戰守，如文王之舉吕望。武發殺殷何所悒？載尸集戰何所急？補曰：此勸頃襄不可忘讎。伯林雉經，維其何故？何感天抑墜，夫誰畏懼？雉，引也。引頸絞經而死。墜，當爲墜。感，讀爲撼。撼天抑地，勇憤無畏之詞。補曰：臣子于君父，言不聽則感抑號訴，義不可去，不可畏讒而不言。皇天集命，惟何戒之？受禮天下，又使至代之？初湯臣摯，後茲承輔。何卒官湯，尊食宗緒？受、至，蓋君名，今所未詳也。補曰：摯，原自喻，言己不能卒官。勳闔夢生，少離散亡。何壯武厲，能流厥嚴？夢，闔閭祖父壽夢。此則不詞，又無少散之事。補曰：厥嚴，厥父也。流，求也。蓋追怨頃襄不迎懷王。彭鏗斟雉帝何饗？受壽永多，夫何久長？補曰：帝，堯帝。彭鏗，彭祖，與楚同出高陽。原自居宗室，庶王從其言，以祈天永命。中央共牧后何怒？蠭蛾微命力何固？謂此有故事，不可强說。驚女采薇鹿何祐？北至回水萃何喜？兄有噬犬弟何欲？易之以百兩卒無禄。補曰：舊說噬犬爲秦公子鍼事，則亦喻子蘭貪得無猒。

薄莫雷電歸何憂？補曰：薄莫，言己已老。雷電，觸君怒也。已退絀固不足憂。厥嚴不奉帝何求？此蓋上所謂「能流厥嚴」之事也。補曰：厥嚴，懷王也。原深以不得奉懷王歸爲恨。帝何求，謂頃襄不求己。伏匿穴處爰何云？伏穴，謂楚先王處山林也。補曰：不用，則當退隱。荆勳作師夫何長先〔四〕？作師，芈熊爲文王師也。長諸侯，先中原，荆後王之勳也。補曰：先言楚先王歷祀延長。悟過改更我又何言？補曰：王能以楚社稷爲念，則宜改過。吳光争國，久余是勝。吳光，闔閭名也。與僚争國，故楚後乘亂得滅之。以諷頃襄也。久余，余久也。補曰：楚之勝吳，以其内亂。言王當鑒覆轍。何環穿自閭社丘陵，爰出子文？言用賢不在貴族，子文出于丘陵也。穿社，事未詳。補曰：子文亦楚宗臣，故原以自喻。吾告堵敖以不長，堵敖，未成君之號，亦頃襄也。補曰：言頃襄正位已久，不可長爲堵敖。原自謂舊臣，故于嗣王言告。何試上自予，忠名彌章？試上，弑君也。不反懷王，同于弑君自立。而反以讎秦爲忠，故問天也。　補曰：自予，自許也。不敢妄言，試上自許，忠直實因于王爲宗室，有與國休戚之誼，故不能嘿嘿耳。

【校勘記】

〔一〕共，原作「其」，據章句改。

〔二〕則，原作「州」，據章句改。

〔三〕彈，原作「彈」，據章句改。

〔四〕先，原闕，據章句補。

楚詞釋四

王闓運注

九章

王逸叙曰：九章者，屈原之所作也。屈原於江南之壄，思君念國，憂心罔極，故復作九章。章者，著也，明也。言已所陳忠信之道甚著明也。卒不見納，委命自沈。楚人惜而哀之，世論其詞，以相傳焉。

九章者，史記專謂之哀郢。將死述意，各有所主，故有追述，有互見，反復成文，以明己非懟死也。

惜誦以致愍兮，發憤以抒情。誦，誦言也。本與頃襄謀反懷王，忽背之而以爲罪。欲誦言自明，王怒益禍，又使王負不孝之罪，國事愈不可爲。故惜之而自致愍也。今卒不存楚，亡郢、失巫，已竟殉之，而志終不白。故悉發其憤，抒情而作九章也。九辯曰「自壓按而學誦」。所作忠而言之兮，指蒼天以爲正。已所作謀至忠，而後言之，非强與國家事也。王不肯證，已則無正矣，唯指蒼天耳。黍離曰「悠悠蒼天」。頃襄代懷，如周平嗣幽，父子之間，皆託怨於蒼天也。令五帝以折中兮，傳國事重，故又折中五帝。戒六神與嚮服。俾山川以備御兮，六神，方明木，陳六玉盟詛之主也。山川，國内望祀，亦盟詛所告也。服，車服。御，車御。嚮之、備之，欲迎懷王也。命咎繇使聽直。事當分曲直，故命皋陶聽也。竭忠誠以事君兮，反離羣而贅肬。忘儇媚以背衆兮，儇，輕也。媚，順也。衆輕薄，但求順君意。己忘竭誠之背衆心。待明君其知之。言與行其可迹兮，情與貌其不變。情誠皃僞也。不變易知也。故相臣莫若君兮，所以證之而不遠。衆皆嫉之，反誣以忘讎誤國。欲王按考前後之詞，證明本心也。吾誼先君而後身兮，羌衆人之所仇。專惟君而無他兮，又衆兆之所讎。仇，怨也。讎，匹也。衆兆，今所謂無萬數。言天下古今所同也，凡有血氣者，皆願與無他之臣相匹，疾時不然。壹心而不豫兮，羌不可保。豫，度也。不度王之無信，而專心忠謀。疾親君而無他兮，疾，猶直也。直疾親君，不顧貴近，所謂釋階登天。有招禍之道也。

思君其莫我忠兮，忽忘身之賤貧。事君而不貳兮，迷不知寵之門。疏放之臣，又謀大計，初不自量，敗乃覺焉。豈敢以尤人，誠自咎也。事新君可以得寵，而以專忠，故忽若迷焉。今乃悟矣，悔已晚矣。至此不復怨子蘭者，國破身亡，不暇罪此輩也。忠何罪以遇罰兮，亦非余心之所志。無罪過罰，衆所不平也。然余心猶不志之，以古今常有此比。行不羣以顛越兮，又衆兆之所咍。以不羣之故，被不忠之名，爲有知者所笑。斯乃可傷，故不能無言也。紛逢尤以離謗兮，謇不可釋。情沈抑而不達兮，又蔽而莫之白。心鬱邑余侘傺兮，又莫察余之中情。固煩言不可結而詒兮，願陳志而無路。退靜默而莫余知兮，進號呼又莫吾聞。申侘傺之煩惑兮，中悶瞀之忳忳。忳忳，亂也。

昔余夢登天兮，魂中道而無杭。昔，謂懷王時也。登天，與王圖議國政。吾使厲神占之兮，厲，亡國之神，喻今危亂也。曰有志極而無旁。極，至。旁，依。終危獨以離異兮，曰君可思而不可恃。客死於秦，是可思也。終亦不悟，不可恃也。故衆口其鑠金兮，初若是而逢殆。初以恃君，故瀕於危死，今又若是也。懲於羹者而吹韲兮，何不變此之志也？先經被禍，又自蹈之，誠自咎也。欲釋階而登天兮，猶有曩之態也。不與執政謀，是釋階也。朝議僉同，一人獨異，形衆之短，必合力以敗之。人情之至，古今之所同，無一得全者也。衆駭遽以離心兮，又何以爲此伴也？伴，侶也。謂依傍君之意向也。悲回風曰「伴張弛之信期」。言謀國者皆駭遽離心，唯伴君意旨。同極而異路兮，又何以爲此援也？極，至也。讒人亦以謀反懷王爲名，然與己異路，故不能爲己援也。晉申生之孝子兮，父信讒而不好。行婞直而不豫兮，鮌功用而不就。鮌功配天，而以違衆，悻悻不度人心之故，功用不就，雖帝堯不能勝衆也。

吾聞作忠以造怨兮，忽謂之過言。九折臂而成醫兮，吾至今而知其信然。忠則必怨，似非人情。非再被罪，猶不信也。矰弋機而在上兮，罻羅張而在下。設張辟以娛君兮，設機張羅，爲邪辟以誤君也。舊以娛爲樂，曲狀情態，所謂殺人以媚人。願側身而無所。欲儃佪以干傺兮，恐重患而離尤。儃佪，不去也。傺，際也。不去以求際會，仍恐忠之造怨，故不敢也。欲高飛而遠集兮，君罔謂汝何之。罔，無，謂得無。謂既以不忠被謗，乃又遠去，則讒人得以追捕，身死被誣，君益不諒。宋玉、賈生諷其去，非策也。欲橫奔而失路兮，堅志而不忍。橫奔，交於佞臣。失志不堅，亦又不忍爲也。背膺牉合以交痛兮，心鬱結而紆軫。背去膺，當牉分。合，會也。背則牉，膺則合，分合皆得罪，故思紆軫。擣木蘭以矯蕙兮，鑿申椒以爲糧。播江離與滋菊兮，願春日以爲糗芳。止謗莫若自修，故人終莫能害。恐情質之不信兮，故重著以自明。既不得禍，又當殉國，於事勢可以無誦。而著此詞者，恐後人不信，反以爲獨懟疾時，故自明也。矯茲媚以私處兮，願曾思而遠身。

惜誦

余幼好此奇服兮，年既老而不衰。頃襄二十二年，秦拔巫，原年六十七，始作此詞。以一幼一老見意。原生於楚宣王二十七年，歲在戊寅。懷王元年，年十六。張儀來相時，年三十二，早已見疏，距用事時已十餘年。是見疏在弱冠後，故曰幼也。頃襄初年，年五十餘，放沅九年，故自歎既老也。帶長鋏之陸離兮，冠切雲之崔嵬。被明月兮珮寶璐。璐，繁露，冕旒之類，垂如露者。此云佩則佩組珠。世溷濁而莫余知兮，吾方高馳而不顧。駕青虯兮驂白螭，吾與重華遊兮瑤之圃。重華，謂懷王也。頃襄背約，放原江南，自甘遠徙，故與游瑤圃。言不願事新王也。登崑崙兮食玉英，與天地兮同壽，與日月兮齊光。崑崙，懷王所客之地也。忠於先君，與同生死，心光明如日月也。哀南夷之莫吾知兮，南夷，南人，謂靳尚也。思美人曰「觀南人之變態」。恨之，故夷之。旦余濟乎江湘。濟江至湘，放江南也。

乘鄂渚而反顧兮，欸秋冬之緒風。乘鄂渚，自江南重被召至郢，冬涸，故不由沅澧，而更泝江。反顧，復被讒放也。欸，歎聲。步余馬兮山皋，邸余車兮方林。邸，抵不行也。方林，方城之野。野外謂之林。爲人所尼，謀不得用，又被讒閒，重遷沅也。乘舲船余上沅兮，齊吴榜以擊汰。吴榜，吴人工榜船者。舲船、吴榜，蓋以禮遣，得乘官舫也。沅去郢較近於湘，蓋以量移爲名，而實遠之。船容與而不進兮，淹回水而凝滯。朝發枉陼兮，夕宿辰陽。水經注：「臨沅縣治武陵郡下，本楚之黔中，即南對沅南縣。沅水東歷小灣，謂之枉渚。渚東里許，便得枉人山。」又曰：「沅水東逕辰陽縣，舊治在辰水之陽，故即名焉。楚辭所謂『夕宿辰陽』者也。辰水又右會沅水，名之爲辰谿口。」苟余心之端直兮，雖僻遠之何傷。

入漵浦余儃佪兮，迷不知吾之所如。深林杳以冥冥兮，乃猨狖之所居。初未至沅，以爲不妨僻遠，然既見五谿毒瘴，乃又感傷也。山峻高以蔽日兮，下幽晦以多雨。霰雪紛其無垠兮，雲霏霏而成宇。前欵緒風，今見霰雪，記其時也。今辰、酉山中，猶多大凌。哀吾生之無樂兮，幽獨處乎山中。吾不能變心而從俗兮，固將愁苦而終窮。念生此時，雖在國秉政，或退老閒居，終亦何樂？故又自慰。

接輿髡首兮，桑扈臝行。言將從此二子之行也。忠不必用兮，賢不必以。伍子逢殃兮，比干菹醢。比此二子，己又稍愈。與前世而皆然兮，吾又何怨乎今之人。與，於也。不死固宜無怨，非矯飾之詞。余將董道而不豫兮，董，督正也。豫，度也。督君於正道，而不豫度君之邪心。固將重昏而終身。重昏者，昔迷而不知，又不知而被謗。亂曰：鸞鳥鳳皇，日以遠兮。燕雀烏鵲，巢堂壇兮。露申辛夷，露申，申椒也。死林薄兮。腥臊並御，芳不得薄兮。陰陽易位，時不當兮。懷信侘傺，忽乎吾將行兮。

涉江

皇天之不純命兮，何百姓之震愆。民離散而相失兮，方仲春而東遷。頃襄二十年，秦白起拔西陵。二十一年，白起拔郢，燒夷陵。楚兵散，遂不復戰，東北保於陳城。所謂離散、東遷也。蓋兵陸走，陳民皆泛江東下，故相失矣。純，大也。大命，國命。去故鄉而就遠兮，遵江夏以流亡。出國門而軫懷兮，甲之鼂吾以行。甲朝，商周相代之日，喻亡國也。發郢都而去閭兮，怊荒忽之焉極？楫齊揚以容與兮，哀見君而不再得。兵散遂不戰，故不得再見。望長楸而太息兮，涕淫淫其若霰。過夏首而西浮兮，顧龍門而不見。長楸，墓樹。秦燒先王墓，故望之而涕。夏首，夏水口。龍門，楚東門，在郢。心嬋媛而傷懷兮，眇不知其所蹠。順風波以從流兮，焉洋洋而爲客。淩陽侯之氾濫兮，忽翺翔之焉薄？心絓結而不解兮，思蹇產而不釋。將運舟而下浮兮，上洞庭而下江。將者，言奔散不成乎遷也。自郢出江，值洞庭盛漲，故曰上也。去終古之所居兮，今逍遥而來東。終古所居，謂郢郡也。郢雖非先君之居，而於夷陵、巫、夔相近。今去郢益東，則終古之居絕。

羌靈魂之欲歸兮，何須臾而忘反？靈魂，自謂也。王欲去之，已則思之。背夏浦而西思兮，哀故都之日遠。登大墳以遠望兮，聊以舒吾憂心。楚既去郢，政令不及江南，放臣暫出，因自沅至江，將返故都省視焉。既至沙市，念未奉君命，不可乘亂而失臣禮，仍不敢返。恭之至也。哀州土之平樂兮，悲江介之遺風。州，洲也。當陵陽之焉至兮，淼南渡之焉如。

陵陽，今池州地也。乘舟下江，不知所往，聞君在陳，乃於陵陽過東壩、入中江也。曾不知夏之爲丘兮，去郢，則漢口亦不能守，將爲丘也。孰兩東門之可蕪？兩東門，鄢也，竟陵也。白起克鄢，遂東取竟陵，以爲南郡，地在郢東。楚於是不能自立。心不怡之長久兮，憂與愁其相接。惟郢路之遼遠兮，江與夏之不可涉。逐臣不可幸災自還，故雖登大墳，郢路仍遠，江、漢皆不可涉也。忽若去不信兮，信，再宿也。至今九年而不復。再遷沅，至郢亡，九年也。逆計之，然則頃襄十二年，原再放。慘鬱鬱而不開兮，蹇侘傺而含慼。

外承歡之汋約兮，言初與頃襄謀反懷王，外與之歡好，許其調和也。諶荏弱而難持。忠湛湛而願進兮，妒被離而鄣之。不欲斥王，託恨於妒者也。堯舜之抗行兮，瞭杳杳而薄天。衆讒人之嫉妒兮，被以不慈之僞名。憎愠惀之修美兮，好夫人之忼慨。衆踥蹀而日進兮，美迢遠而逾邁。此皆采宋玉之詞，以著己被放之由。讒者言懷王反不利頃襄、子蘭，不知王傳國高世明遠之見，決無不慈之事。又譖原款秦主和，不若言戰之忼慨，故使頃襄疏遠修美之臣。嫌於自矜，故直用弟子之詞。叔師於此無注，云「此皆解於九辨之中」，是亦知此作在九辨之後。然不言所以，是其疏也。

亂曰：曼余目以流觀兮，不得還，故遠觀而歎。冀一反之何時？冀反郢都而無時也。鳥飛嚮故鄉兮，狐死必首丘。信非吾罪而棄逐兮，至此危亡，乃知放臣之無罪矣。然君臣皆不反，己亦終於不反。何日夜而忘之。日夜不忘郢也。

哀郢

心鬱鬱之憂思兮，獨永歎乎增傷。思蹇産之不釋兮，曼遭夜之方長。自郢還沅，追念傾覆之由，無可奈何，故憂之深，言之哀也。悲夫秋風之動容兮，容，蟾也。此詞作於孟夏，追念昔放時。欸緒風而邸方林，正經此道也。何回極之浮浮。回，薄。極，至也。回風，喻君令無常也。所至浮浮然不甯。數惟蓀之多怒兮，傷余心之慢慢。蓀，謂頃襄也。願摇起而横奔兮，覽民尤以自鎮。結微情以陳詞兮，矯以遺夫美人。美人，懷王也。矯者，原矯頃襄之命，爲反王之謀，以此獲罪不自明，不敢奔他國。昔君與我誠言兮，曰黄昏以爲期。君，頃襄也。黄昏密謀。羌中道而回畔兮，反既有此他志。憍吾以其美好兮，頃襄貪位，不欲王反，託言秦不可和，當力戰以復讎。名既美，志又憍也。離騷曰「保厥美以驕傲」。覽余以其修姱。內不欲王反，外又與己謀反王，示其忠孝，故覽余以修姱也。與余言而不信兮，蓋爲余而造怒。願承閒而自察兮，心震悼而不敢。悲夷猶而冀進兮，心怛傷之憺憺。兹歷情以陳辭兮，蓀佯聾而不聞。固切人之不媚兮，衆果以我爲患。切，謂以此形彼也。媚，愛也。

己忠王則形人之不愛王，衆知其謀又不聽，乃謀去之也。初吾所陳之耿著兮，豈不至今其庸存？耿，炯也。衆誣以主和忘讎，故自明所陳炯著，可案攷也。存或作忘，則當作「豈至今其庸亡」也。何毒藥之謇謇兮，願蓀美之可完。藥以治病而視之如毒，以喻忠謀可完固王位，乃疑其欲廢己。望三五以爲像兮，指彭咸以爲儀。夫何極而不至兮，極，亦至也。指此路以爲極，何有不至。故遠聞而難虧。不反懷王，則遠人聞之，虧損楚之德威也。善不由外來兮，名不可以虛作。孰無施而有報兮，孰不實而有穫？頃襄僞欲反王，實則貪位，今果敗亡。恨其外善虛名，理無穫報，傷之至也。

少歌曰：上言己切不可更顯，其意故少，少歌之以申怨。與美人抽怨兮，美人，懷王也。抽，動也，繹也。因懷王之故，而動己冤鬱。并日夜而無正。憍吾以其美好兮，敖朕辭而不聽。正，證也。頃襄不證己志也。

唱曰：唱者，情不容已，更託他端而顯説之。有鳥自南兮，來集漢北。有鳥，喻頃襄也。南，郢也。集漢北，渡漢北走陳也。好姱佳麗兮，牉獨處此異域。好姱佳麗，謂江、湘賢才可用者也。處異域者，遷郢之後，皆隔絶不通。既惸獨而不羣兮，又無良媒在其側。道卓遠而日忘兮，願自申而不得。望北山而流涕兮，臨流水而太息。言己益羈孤也。北山，思念父母。懷王不反，故流涕也。流水不還，喻去郢也。望孟夏之短夜兮，何晦明之若歲。仲春郢潰，孟夏原至沙市，即還沅，迫秦兵，改走湘也。惟郢路之遼遠兮，魂一夕而九逝。曾不知路之曲直兮，已不敢至郢，惟魂往耳。遷陳未定，故不知路也。南指月與列星。已獨在南，望星月，念楚君臣也。願徑逝而不得兮，不得至郢也。魂識路之營營。不知陳路，惟識郢路也。何靈魂之信直兮，不得徑逝，而猶識之，是信直也。人之心不與吾心同。同一心也，昏明相反，誠可笑歎。理弱而媒不通兮，尚不知余之從容。猶望君知忠之至也。

亂曰：長瀨湍流，泝江潭兮。自枝江至沅，夏水盛長多潭也。狂顧南行，聊以娛心兮。至沅被迫，泝湖，由南岸背南至湘也。軫石崴嵬，蹇吾願兮。軫石，磊石也。超回志度，行隱進兮。隱，依也。依軫石西出湖泝湘也。低佪夷猶，宿北姑兮。北姑，蓋蘆林潭，或林子口也。煩寃瞀容，實沛徂兮。沛然，横溢皃。愁歎苦神，靈遥思兮。路遠處幽，又無行媒兮。至此猶恨無媒者，自度其才猶可安楚，且君召之，則不必死也。道思作頌，聊自救兮。憂心不遂，斯言誰告兮。

抽思

陶陶孟夏兮，艸木莽莽。自郢還至湘，不過旬日，故仍記孟夏也。荒亂無人，唯見艸木耳。

傷懷永哀兮，汩徂南土。沅不可居，故汩徂南土。汩，亂也。眴兮杳杳，孔靜幽默。言無人訴懷也。鬱結紆軫兮，離慜而長鞠。鞠，窮也。無可奈何，及無所願也。撫情効志兮，俛屈以自抑。

刓方以爲圜兮，常度未替。言己非不能自抑，由常度尚存，衆仍疾之。易初本迪兮，君子所鄙。初本之道，即常度也。章畫志墨兮，前圖未改。上言方圜，故以木喻，刓木者必畫墨。章，明。志，識也。内厚質正兮，大人所盛。巧倕不斲兮，孰察其撥正。己志決死，恐人不察，以爲怨懟，故專明懷才不用之恨，不及國亡身死之詞。蓋追咎懷王既已，不忍致怨頃襄，又復無益，况於讒佞不足復言，惟自恨畸行，宜逢嫉蔽耳。

玄文處幽兮，矇瞍謂之不章。離婁微睇兮，瞽以爲無明。言既不知己材，又不知己智也。變白而爲黑兮，倒上以爲下。鳳皇在笯兮，鷄鶩翔舞。同糅玉石兮，一槩而相量。佞人必變亂是非，乃後逞志，既得權位，乃反誣蔑忠賢也。夫惟黨人鄙固兮，羌不知余之所臧。任重載盛兮，陷滯而不濟。羣小得位，觀者爲之憂慮，不暇恨之，誠閔之也。懷瑾握瑜兮，窮不得所示。閔其將顛，則欲助之，反望其知己也。邑犬羣吠兮，吠所怪也。誹俊疑傑兮，固庸態也。又爲之解，而自咎迕俗也。文質疏内兮，衆不知余之異采。疏，粗。内，訥也。材樸委積兮，莫知余之所有。

重仁襲義兮，謹厚以爲豐。重華不可遻兮，孰知余之從容。遻，遇也。此三不知者，無怨於人，無怍於己，了然身世，乃能言此，不獨知生死，且知存亡也。古固有不竝兮，豈知其故也。湯禹久遠兮，邈不可慕。言時命各有遭逢，遇不遇一也。懲違改忿兮，抑心而自强。離慜而不遷兮，願志之有像。己既知其忤時，何又不能諧俗？以其自强不撓，雖改忿抑心，但不尤人耳，不能遷其象法古人之志。進路北次兮，日昧昧其將暮。己至沅，復出江，故北次也。日暮，喻國亡也。舒憂娱哀兮，限之以大故。北無所往，南復何之？唯有死耳。一死則積憂舒，百哀娱，故以此大故，限己長戚之情也。

亂曰：浩浩沅湘兮，分流汩兮。汩然無聲也。沅、湘，今俱入湖。水經以爲皆入江，其分流之迹在湖也。修路幽蔽兮，道遠忽兮。曾吟恒悲兮，永歎慨兮。世既莫吾知兮，人心不可謂兮。懷情抱質兮，獨無匹兮。伯樂既歿兮，驥將焉程兮。恐人不知己，故望伯樂也。人生有命兮，各有所錯兮。定心廣志，余何畏懼兮。聖人惡自殺，故明己非畏懼而死也。人事無可轉移，不忍爲秦虜耳。既作九章，以明非懟死、畏死；又懷沙任石，以明非狂死、誤死，知其當錯命於水。曾傷爰哀，永歎喟兮。世溷不吾知，心不可謂兮。命雖有錯，仍爲世傷，在己可舒娱，于古今可嘆喟也。知死不可讓兮，願勿愛兮。明以告君子兮，吾將以爲類兮。類，善也。既審於義，將立後世貞臣之善法，願其皆無愛死，以自潔而蹈道，又非比干、申徒之比。

懷沙

思美人兮，覽涕而竚眙。將死，重思懷王客死之悲，因及己謀國忠誠之本末。媒絶路阻兮，言不可結而詒。蹇蹇之煩冤兮，滔滯而不發。申旦以舒中情兮，志沈菀而莫達。願寄言於浮雲兮，遇豐隆而不將。豐隆，雲師，喻頃襄也。浮雲，喻執政議論不定也。詩曰「有女如雲」。言君臣莫肯納忠懷王也。因歸鳥而致辭兮，羌迅高而難當。歸鳥，使通秦、楚者也。己不在國都，故使者來去迅疾，託地高也。高辛之靈盛兮，遭玄鳥而致詒。高辛，頃襄。玄鳥，其妃妾也。詒，紿欺也。讒佞女謁盛也。欲變節以從俗兮，媿易初而屈志。言己不獲於嗣君，故忠謀不申。獨歷年而離愍兮，羌馮心猶未化。甯隱閔而壽考兮，何變易之可爲？居沅九年，故歷年壽考也長。嫉時憤俗，其馮心亦自笑也。

知前轍之不遂兮，未改此度。車既覆而馬顛兮，蹇獨懷此異路。前轍，任懷王時所行也。覆顛，見讒被疏也。勒騏驥而更駕兮，造父爲我操之。此述頃襄初年，薦引賢才、謀反懷王之事。遷逡次而勿驅兮，聊假日以須時。指嶓冢之西隈兮，與纁黃以爲期。遷逡，猶遷延也。深計不可驟成，故須之時日，不驅迫之，後因受怠誕之咎也。嶓冢，蜀山。蓋欲迎王由蜀乘夏水下漢。曛黃，喻暗密也。開春發歲兮，白日出之悠悠。吾將蕩志而愉樂兮，遵江夏以娛憂。白日，喻君也。出，謂懷王得反也。豫期王反，將彊國息民，己得展志，故志壯詞夸，不覺言之愉也。擥大薄之芳茝兮，搴長洲之宿莽。惜吾不及古人兮，吾誰與玩此芳艸？思古人用賢不循資序，今則任親貴。解萹薄與雜菜兮，備以爲交佩。佩繽紛以繚轉兮，遂萎絶而離異。萹，萹畜，水竹也。薄，蒲也。菜，當爲采。雜采，采雜艸無名者。言所任用無芳香堅韌之質，隨俗轉移，遂使茝莽亦乖離絶異也。吾且儃佪以娛憂兮，觀南人之變態。竊快中心兮，揚厥憑而不俟。南人，謂靳尚也。所謀既沮，原遂見放，南人快心，發揚己憤懑之詞，不俟功成，盡毁敗其所爲也。

芳與澤其離糅兮，羌芳華自中出。紛郁郁其遠承兮，滿内而外揚。言己雖不能無過，而不得爲罪也。所引用或亦有不職，而賢者實多，如芳糅於澤，芳仍出也。内有馮心，外揚怨誹，而文詞郁郁，非謗訐也。情與質信可保兮，羌居蔽而聞章。既被誣譖，不能自明，仍自信情質章昭，恨無人保之。令薜荔而爲理兮，憚舉趾而緣木。因芙蓉而爲媒兮，憚褰裳而濡足。登高吾不説兮，入下吾不能。薜荔附緣上生，喻王左右也。芙蓉下澤美芳，在野之賢也。憚者，己憚之、難之也。緣木濡足，皆於己有危，故不説不能。固朕形之不服兮，然容與而狐疑。形見於外者，服事也。雖迹可明，而非烈士之事，故遲回不自辨也。廣遂前畫兮，未改此度也。命則處幽吾將罷兮，願及白日之未暮。獨煢煢而南行兮，思彭咸之故也。明己被放不死之故，以懷王尚在，將留其身，以遂前計，都夔、巫，從彭咸，非不知己命窮也。

思美人

惜往日之曾信兮，屈原既決懷沙，深思禍本，由楚俗讒諛，專成媢疾。始於懷王，極於頃襄。己當任用之時，亦未能挽其波靡之俗。雖無秦兵，知國亦必亡。故惜往日孤忠之無補也。曾，重也。重信，猶重任也。受命詔以昭詩。詩，謂離騷也。以己所受命詔，悉著之於詩，以表其信慈之志。悲回風曰「竊賦詩之所明」。奉先功以照下兮，明法度之嫌疑。國富強而法立兮，屈氏世族掌國法度，原又造憲命也。屬貞臣而日娭。娭，樂也。貞臣，原所薦也。既定法，又舉賢，則可以熙樂。祕密事之載心兮，雖過失猶弗治。心純厖而不泄兮，遭讒人而嫉之。載，剸也。言密事切心，不暇治過失，恐傷大度，泄國密謀。蓋有譖原寬縱不察者。君含怒而待臣兮，不清澈其然否。蔽晦君之聰明兮，虛惑誤又以欺。弗參驗以考實兮，遠遷臣而弗思。遷臣，原自謂也。懷王時未遷，據後言之。信讒諛之溷濁兮，盛氣志而過之。何貞臣之無罪兮，被離謗而見尤。此頃襄既立，斥逐原黨，所薦者皆得罪也。慙光景之誠信兮，身幽隱而備之。光景，前謀通秦之事也。悲回風曰：「借光景以往來，施黃棘之枉策。」黃棘會在懷王廿五年，秦、楚復和，太子出質。其後，頃襄立，欲罪原，因治前謀，故慙也。臨沅湘之玄淵兮，遂自忍而沈流。卒沈身而絶名兮，惜壅君之不昭。此時沈湘，禍由黃棘，故追恨之。君無度而弗察兮，使芳艸爲藪幽。爲藪所幽，蕪榛莽也。焉舒情而抽信兮，恬死亡而不聊。獨彰壅而蔽隱兮，使貞臣而無由。言己既甘死，又爲此詞，以明誠信，何不聊之甚也？獨念己遘此禍，後將無由復使貞臣，故不能默默耳。其後宋玉之徒，終莫敢直諫，此其效也。

聞百里之爲虜兮，伊尹烹於庖廚。吕望屠於朝歌兮，甯戚歌而飯牛。不逢湯武與桓繆兮，世孰聞而知之？吴信讒而弗味兮，楚俗嫉妒新進，故屢引古人拔進幽隱之例，以曉暗君也。子胥死而後憂。介子忠而立枯兮，文君寤而追求。封介山而爲之禁兮，報大德之優游。思久故之親身兮，因縞素而哭之。以子胥、介子自喻，一不忍見亡國，一從亡在外，皆以忠死。或忠信而死節兮，或訑謾而不疑。弗省察而按實兮，聽讒人之虚辭。芳與澤其雜糅兮，孰申旦而别之？何芳艸之早殀兮，微霜降而下戒。己死郢亡，楚已不國，而猶以爲微霜之戒，望其用賢以自彊，忠臣志士，無己之心也。諒不聰明而蔽壅兮，使讒諛而日得。自前世之嫉賢兮，謂蕙若其不可佩。妬佳冶之芬芳兮，嫫母姣而自好。雖有西施之美容兮，讒妒入以自代。極陳亡國之情狀也。願陳情以白行兮，得罪過之不易。易，不難也。以先得罪，故難陳白。情冤見之日明兮，如列宿之錯置。言己行可考，不難明，亦不必自白也。乘騏驥而馳騁兮，無轡銜而自載。乘氾泭以下流兮，無舟楫而自備。背法度而心治兮，辟與此其無異。棄賢自亡，楚君終不能悔，此則可傷。然後決死，恐後人疑己畏罪。甯溘死而流亡兮，恐禍殃之有再。言非獨亡郢而已。不畢辭而赴淵兮，惜壅君之不識。言己不畢詞，則君終見壅，中作九章之意。

惜往日

后皇嘉樹，橘徠服兮。受命不遷，生南國兮。后土、皇天也。天地生材，南國有橘，蓋遷江南所識之賢士，年少隱居，望其繼己志，故作頌美之。深固難徙，更壹志兮。緑葉素榮，紛其可喜兮。時俗從流，故專美其不遷徙。曾枝剡棘，圓果摶兮。青黄雜糅，文章爛兮。精色内白，類可任兮。橘皮内白，以保其瓤液也。紛緼宜修，姱而不醜兮。橘無岐榦，故曰不醜。醜，儔匹也。

嗟爾幼志，有以異兮。獨立不遷，豈不可喜兮。深固難徙，廓其無求兮。蘇世獨立，横而不流兮。蘇，猶竦也。再言不遷徙者，頌此諷彼也。人材係國存亡，於死眷眷焉。閉心自慎，終不失過兮。秉德無私，參天地兮。言有一不遷者，則國不亡，以其德參天地立也。願歲并謝，與長友兮。傷己之老，無益國也。願謝去年歲，與此人爲友。言己年長，彼不敢與平交。淑離不淫，梗其有理兮。離，儷也；善配，猶良友也。梗，直也。年歲雖少，可師長兮。恐人輕其少，故初異之，後友之，乃欲師之，好賢之至也。其人終亦長隱江南，無以自見，至今想其風規也。行〔一〕比伯夷，置以爲像兮。

橘頌

悲回風之搖蕙兮，心冤結而内傷。謝世之詞，追怨無端。物有微而隕性兮，物，自謂也。言己與楚國微矣，而王不我用，亦能隕性，虧忠孝，致危亡也。聲有隱而先倡。聲，名也。沈死汨羅，聲名翳如，然先之所行，已足倡導薄俗，又足自慰也。夫何彭咸之造思兮，曁志介而不忘。曁，不得已也。曁志，謂勉抑己志。介，耿介也。欲成己從彭咸之志，則當從流俗而不忘其介，故至如此。萬變其情豈可蓋兮，孰虚僞之可長？言頃襄謂與己同心，其後卒不可掩也。鳥獸鳴以號羣兮，言衆人但知朋黨，而言富貴。艸苴比而不芳。苴，藉也。蹂辱之艸，不可理者也。言衆無才能，如艸苴相比。魚葺鱗以自別兮，蛟龍隱其文章。葺，次也。羣魚自相比次，而又各欲别異。喻黨人相引復争權也。故荼苦不同畝兮，蘭茝幽而獨芳。忠佞相形，己乃被禍也。荼，苦艸。苦，苦艸。毒苦之艸，不可與同畝也。惟佳人之永都兮，更統世而自貺。都，美也。佳人，懷王也。統，謂三統。有天下者也，世傳國及子孫也。貺，賜也。言嗣子自當繼統受賜，懷王長美，亦必無不慈之意。深恨頃襄也。眇遠志之所及兮，憐浮雲之相佯。遠志所及，悲王在秦也。浮雲，喻客秦也。介眇志之所惑兮，竊賦詩之所明。介，猶紹也。眇，幽也。詩，離騷也。心所疑者，賦離騷以明之，託以介紹己志也。

惟佳人之獨懷兮，折芳椒以自處。椒，喻宗室也。思念懷王，又感宗臣之義。增歔欷之嗟嗟兮，獨隱伏而思慮。涕泣交而淒淒兮，思不眠以至曙。終長夜之曼曼兮，掩此哀而不去。長夜，喻闇朝也。掩，撫也。寤從容以周流兮，眇逍遥以自恃。欲去不可，故又思自託也。傷太息之愍歎兮，氣於邑而不可止。糺思心以爲纕兮，編愁苦以爲膺。勉事嗣君，降心徇俗，内自傷愍，亦誰知之？誰能聽之？折若木以蔽光兮，隨飄風之所仍。若木，日入之地，喻秦也。蔽光，遮懷王不得出也。飄風，楚君臣國議無所定也。仍，窘也。存髣髴而不見兮，心踊躍其若湯。不能反王，心痛沸也。撫珮衽以案志兮，超惘惘而遂行。言還沅不死之意，猶欲王反，故自抑志也。歲曶曶其若頽兮，時亦冉冉而將至。薠蘅槁而節離兮，節，四時之序也。秋蘋春衡俱槁，則節序離易矣。芳以歇而不比。憐思心之不可懲兮，證此言之不可聊。甯溘死而流亡兮，不忍爲此之常愁。孤臣吟而抆淚兮，放子出而不還。孰能思而不隱兮，孰能者，自許其能也。有思而不隱，惟忠貞烈士能之也。昭彭咸之所聞。以楚舊典告嗣王也。

登石巒以遠望兮，路眇眇之默默。石巒，夷陵以上夔、巫諸山也。望，望蜀憂秦也。入景響之無應兮，聞省想而不可得。言懷王入秦，孤獨阻絶也。愁〔二〕鬱鬱之無快兮，居戚戚而不解。心鞿羈而不開兮，氣繚轉而自締。締，結也。所謂繫心懷王。穆眇眇之無垠兮，莽芒芒之無儀。聲有隱而相感兮，言己獨以孤忠感眇芒也。物有純而不可爲。爲，化也。己志純一，不隨衆變也。藐蔓蔓之不可量兮，縹綿綿之不可紆。愁悄悄之常悲兮，翩冥冥之不可娱。淩大波而流風兮，流風，上水帆風行如流也。託彭咸之所居。欲還都夔、巫，控蜀以制秦也。今彭水在涪、萬閒，其大彭舊國乎？

上高巖之峭岸兮，巫、彭據山險以扼江。上言「淩大波」，嫌欲争水要利，故以上巖岸明之。處雌蜺之標顛。據青冥而攄虹兮，遂儵忽而捫天。吸湛露之浮涼兮，漱凝霜之雰雰。虹蜺，邪氣。霜露，正氣。言都彭、巫，則國脈復，氛祲消也。依風穴以自息兮，忽傾寤以嬋媛。風穴，執政主議者也。詩曰「大風有隧」。貪人敗類依之者，頃襄也。嬋媛，傷懷之皃。善謀不行，故悟而自傷。馮崑崙以瞰霧露兮，隱岷山以清江。馮崑崙，言制秦也。瞰之，言闚隙以乘之也。隱，依也。隱據岷山，則無夏水燒夷陵之禍，故江清也。憚涌湍之磕磕兮，聽波聲之洶洶。秦兵必從蜀下，故憚湍波也。紛容容之無經兮，罔芒芒之無紀。國亂，議論繁多也。軋洋洋之無從兮，馳委移之焉止。趨於亂亡也。漂翻翻其上下兮，翼遙遙其左右。氾潏潏其前後兮，君側皆讒人也。伴張弛之信期。張謂與秦戰，弛與秦和也。信期，王意所在，政令所出也。衆皆伴以爲言，無定謀也。觀炎氣之相仍兮，窺煙液之所積。炎氣，喻言戰有驕氣盛也。徒見煙液，喻昏而不悟也。此謂張者。悲霜雪之俱下兮，聽潮水之相擊。霜雪，政亂國危之象。潮水擊，秦兵奄至也。此謂弛者。借光景以往來兮，施黄棘之枉策。此言己本謀在張弛之外，因追傷懷王時本謀也。光景，言君有時明悟也。懷王廿五年與秦王會黄棘，秦復歸我上庸。明年，太子質秦。蓋原主姑講以紓目前之禍，太子逃歸，所謀不成，故恨其枉施策。求介子之所存兮，見伯夷之放迹。放，倣效也。效介子從亡以自喻。伯夷讓國，望頃襄倣其迹也。心調度而弗去兮，刻著志之無適。調度，和協衆情也。弗去，言不忘也。離騷曰「和調度以自娛」。刻，猶傷也。著，讀爲「著衣」之著。志之所著，言己志在興楚反王也。適，猶如也。自傷無如己志之時也。

曰：吾怨往昔之所冀兮，悼來者之逖逖。逖逖，遠皃，猶茫茫也。來者逖逖，謂楚將亡。

此國亡身死時也。浮江淮而入海兮，從子胥而自適。冀舒國難而得罪太子，以成今禍，故怨也。望大河之洲渚兮，悲申徒之抗迹。狄，蓋申徒楚人也。或者本「司徒」，楚讀爲申耳。疾暗君，自投於河，不待國亡而先死也。驟諫君而不聽兮，重任石之何益。任，袵也。任石，謂懷沙也。今本作「任重石」；文選注引作「重任石」，是也。重謂今也。先已諫，今又死，故曰「重任石」。懷石自沈，終兩無益，哀其徒死也。心結絓而不解兮，思蹇産而不釋。死猶有恨，忠之至也。此篇總述志意蹤迹，蓋絶筆於此，若羣書之自序也。

悲回風

【校勘記】

〔一〕行，原作「分」，據章句改。

〔二〕愁，原作「秋」，據章句改。

楚詞釋五

王闓運注

遠游

王逸叙曰：遠游者，屈原之所作也。屈原履方直之行，不容於世。上爲讒佞所譖毁，下爲俗人所困極，章皇山澤，無所告訴。乃深惟元一，修執恬漠，思欲濟世，則意中憤然，文采秀發，遂叙妙思，託配仙人，與俱游戲，周歷天地，無所不到。然猶懷念楚國，思慕舊故，忠信之篤，仁義之厚也。是以君子珍重其志，而瑋其辭焉。

聖人貴舍生而惡自殺，屈原不勝其憤，至於自沈，雖反復叙明其故，猶懼論者謂其窮無復之，智不全身；又嘗受真道，可託尸解，略述其術，以示知者。但吐納駐顔，存神壹氣，既不可傳説，又可案文而悟？不煩注釋，今悉刊去舊説，但分三章明之。

悲時俗之迫阨兮，願輕舉而遠游。質菲薄而無因兮，焉託乘而上浮〔一〕。遭沈濁而污穢兮，獨鬱結其誰語。夜耿耿而不寐兮，魂營營而至曙。

惟天地之無窮兮，哀人生之長勤。往者余弗及兮，來者吾不聞。聖人之所以通神，爲欲知往來也。步徙倚而遥思兮，怊惝怳而乖懷。意荒忽而流蕩兮，心愁悽而增悲。神儵忽而不返兮，形枯槁而獨留。内惟省以端操兮，求正氣之所由。漠虚静以恬愉兮，澹無爲而自得。

聞赤松之清塵兮，願承風乎遺則。貴真人之休德兮，羨往世之登仙。與化去而不見兮，名聲著而日延。奇傅説之託辰星兮，羨韓衆之得一。形穆穆以浸遠兮，離人羣而遁逸。因氣變而遂曾舉兮，忽神犇而鬼怪。時髣髴以遥見兮，精皎皎以往來。絶氛埃而淑尤兮，淑尤，清絶也。終不反其故都。免衆患而不懼兮，世莫知其所如。

恐天時之代序兮，耀靈曄而西征。微霜降而下淪兮，悼芳艸之先零。言聖賢皆有死，而死于亂世則可憚，故宜仙去。聊仿佯而逍遥兮，永歷年而無成。誰可與玩斯遺芳兮，晨向風而舒情。高陽邈以遠兮，余將焉所程？

重曰：以上叙作遠游之意，以下乃賦遠游，不宜言「重曰」，當云「其詞曰」，或但言「曰」，而此加「重」者，明非其本旨。春秋忽其不淹兮，奚久留此故居？軒轅不可攀援兮，吾將從王喬而娛戲。湌六氣而飲沆瀣兮，漱正陽而含朝霞。保神明之清澄兮，精氣入而麤穢除。順凱風以從游兮，至南巢而壹息。見王子而宿之兮，審壹氣之和德。曰：「道可受兮，不可傳。其小無内兮，其大無垠。無淈滑而魂兮，彼將自然。壹氣孔神兮，於中夜存。虛以待之兮，無爲之先。庶類以成兮，此德之門。」

聞至貴而遂徂兮，忽乎吾將行。仍羽人於丹丘兮，留不死之舊鄉。朝濯髮於湯谷兮，夕晞余身兮九陽。吸飛泉之微液兮，懷琬琰之華英。玉色頩以脕顏兮，脕，始生皃。精醇粹而始壯。質銷鑠以汋約兮，神要眇以淫放。嘉南州之炎德兮，麗桂樹之冬榮。山蕭條而無獸兮，野寂寞而無人。載營魄而登霞兮，魄，當爲魂。掩浮雲而上征。命天閽其開關兮，排閶闔而望予。召豐隆使先導兮，問太微之所居。集重陽入帝宮兮，造旬始而觀清都。

朝發軔於太儀兮，夕始臨乎於微閭。太儀，常娥所居月之都也。微閭，尾閭，海水所歸地之委也。「乎於」重文，衍一字也。屯余車之萬乘兮，以下因仙游而又思謀楚，文多與離騷同，非遠游正意，而實作者之正意。紛容與而竝馳。駕八龍之婉婉兮，載雲旗之逶迤。建雄虹之采旄兮，五色雜而炫燿。服偃蹇以低昂兮，驂連蜷以驕驁。騎膠葛以雜亂兮，斑漫衍而方行。喻合從無統紀，不可以制秦也。撰余轡而正策兮，吾將過乎鉤芒。歷太皓以右轉兮，前飛廉以啟路。陽杲杲其未光兮，淩天地以徑度。飛廉，神鳥，一曰龍子。舊以爲風伯，與下風伯複，非也。風伯爲余先驅兮，辟氛埃而清涼。鳳凰翼其承旂兮，遇蓐收乎西皇。擥彗星以爲旍兮，舉斗柄以爲麾。叛陸離其上下兮，游驚霧之流波。時晻曖其曭莽兮，召玄武而奔屬。後文昌使掌行兮，選署衆神以竝轂。路曼曼其悠遠兮，徐弭節而高厲。左雨師使徑侍兮，右雷公以爲衛。欲遠度世以忘歸兮，意恣睢以担撟。担，擅或體字也。欲擅撟君令，成反王之謀。内欣欣而自美兮，聊媮娛以自樂。涉青雲以汎濫游兮，忽臨睨夫舊鄉。僕夫懷余心悲兮，邊馬顧而不行。思舊故以想像兮，長太息而掩涕。氾容與而遐舉兮，聊抑志而自弭。指炎神而直馳兮，吾將往乎南疑。覽方外之荒忽兮，沛罔象而自浮。祝融戒而蹕御兮，騰告鸞鳥迎宓妃。張樂咸池奏承雲兮，二女御九韶歌。使湘靈鼓瑟兮，令海若舞馮夷。玄螭蟲象竝出進兮，形蟉虯而逶迤。雌蜺便娟以增撓兮，鸞鳥軒翥而翔飛。音樂博衍無終極兮，焉乃逝以徘徊。已上皆自明赴湘自隱，謀終反懷王之意。下又入遠游正意也。舒竝節以馳騖兮，逴絶垠乎寒門。軼迅風於清源兮，從顓頊乎增冰。歷玄冥以邪徑兮，乘閒維以反顧。閒維，未聞。叔師曰天紘也。召〔二〕黔嬴而見之兮，爲余先乎平路。叔師曰，黔嬴，造化神。經營四荒兮，周流六漠。上至列缺兮，降望大壑。下崢嶸而無地兮，上寥廓而無天。視儵忽而無見兮，聽惝怳而無聞。超無爲以至清兮，與太初而爲鄰。叔師曰，列缺，天間隙。此終遠游之旨。

【校勘記】

〔一〕浮，原作「游」，據章句改。

〔二〕召，原作「右」，據章句改。

楚詞釋六

王闓運注

卜居

王逸叙曰：卜居者，屈原之所作也。屈原體忠正之性，而見嫉妒，念讒佞之臣承君順非，而蒙富貴，己執忠直而身放棄，心迷意惑，不知所爲。乃往至太卜之家，稽問神明，決之著龜，卜己居世何所宜行，冀聞異策，以定嫌疑。故曰卜居也。

此篇在懷王薨後，頃襄定立，悉還前放逐諸臣，而原以名德見重，有復用之機，故自明其不能隨俗取富貴也。

屈原既放三年，頃襄以其款秦爲罪，放之洞庭南也。不得復見。今將復見，故本其先放，不復見也。不見，則謀策無所施，故不能自已。竭知盡忠，而蔽鄣於讒；令尹子蘭聞離騷大怒之時也。心煩慮亂，不知所從。己不用，則國益危，宜其煩慮也。往見太卜鄭詹尹，時在國都，故得見太卜詹占也。詹尹，占人。太卜，屬官。曰：「余有所疑，願因先生決之。」詹尹乃端策拂龜，策，著也。端、拂二者，唯其所問。曰：「君將何以教之？」屈原曰：「吾甯悃悃款款朴以忠乎？朴，當爲樸。將送往勞來懷王也。勞，勤也。勤事新王也。斯無窮乎？能送往，不念舊君，必不困窮也。甯誅鋤艸茅以力耕乎？將游大人以成名乎？甯正言不諱以危身乎？將從俗富貴以媮生乎？甯超然高舉以保真乎？將哫訾栗斯、喔咿嚅唲以事婦人乎？甯廉潔正直以自清乎？將突梯滑稽、如脂如韋以潔楹乎？甯昂昂若千里之駒乎？將氾氾若水中之鳧乎，與波上下，偷以全吾軀乎？甯與騏驥亢軛乎？將隨駑馬之迹乎？甯與黃鵠比翼乎？將與雞鶩爭食乎？此孰吉孰凶？何去何從？世溷濁而不清。蟬翼爲重，千鈞爲輕。黃鍾毀棄，瓦釜雷鳴。讒人高張，賢士無名。吁嗟默默兮，誰知吾之廉貞？」詹尹乃釋策而謝曰：「夫尺有所短，寸有所長；言神有不若人時也。物有所不足，智有所不明；數有所不逮，神有所不通。用君之心，行君之意，龜策誠不能知此事。」

楚詞釋七

王闓運注

漁父

王逸叙曰：漁父者，屈原之所作也。屈原放逐在江、湘之間，憂愁歎吟，儀容變易。而漁父避世隱身，鈞於江濱，欣然自樂。時遇屈原川澤之域，怪而問之，遂相應答。楚人思念屈原，因叙其辭，以相傳焉。

時原再放於沅，而漁父歌滄浪。滄浪，漢水所鍾，在均、鄖之境。蓋楚舊臣避地沅潭，故相勞問也。

屈原既放，游於江潭，潭水出武陵鐔成玉山，今獨山，水在沅西南也。行吟澤畔，顔色憔悴，形容枯槁。漁父見而問之，曰：「子非三閭大夫與？何故至於斯？」屈原曰：「舉世皆濁我獨清，衆人皆醉我獨醒，是以見放。」漁父曰：「聖人不凝滯於物，而能與世推移。世人皆濁，何不淈其泥淈、汩同字，治也。而揚其波？使清也。衆人皆醉，何不餔其糟而歠其釃？使飲清也。何故深思高舉，自令放爲？」屈原曰：「吾聞之，新沐者必彈冠，新浴者必振衣。安能以身之察察，受物之汶汶者乎？甯赴湘流，葬於江魚之腹中。潭水入鬱、入南海，故欲南赴湘，近江流也。安能以皓皓之白，而蒙世俗之塵埃乎？」漁父莞爾而笑，鼓枻而去，歌曰：「滄浪之水清兮，可以濯我纓。滄浪之水濁兮，可以濯我足。」遂去，不復與言。

楚詞釋八

王闓運注

九辯

王逸叙曰：九辯者，楚大夫宋玉之所作也。辯者，變也，謂陳道德以變説君也。九者，陽之數，道之綱紀也。故天有九星以正機衡，地有九州以成萬邦，人有九竅以通精明。屈原懷忠貞之性，而被讒邪，傷君闇蔽，國將危亡，乃援天地之數，列人形之要，而作九歌、九章之頌，以諷諫懷王，明己所言與天地合度，可履而行也。宋玉者，屈原弟子也。閔惜其師忠而放逐，故作九辯以述其志。至於漢興，劉向、王褒之徒咸悲其文，依而作詞，故號爲「楚詞」，亦承其「九」以立義焉。

此作於離騷、卜居之後，九歌、漁父之前。原被召再放，送之而作也。九章多采其言，是其證矣。天問曰：「啟棘賓商，九辨九歌。」商爲秋，故以秋發端，亦記時也。

悲哉，秋之爲氣也！蕭瑟兮，艸木搖落而變衰。憭慄兮若在遠行，登山臨水兮送將歸。泬寥兮，廖、繆同音穆，即寞也。天同而氣晶；寂寥兮，收潦而水清。憯悽增欷兮，薄寒之中人。愴怳懭悢兮，去故而就新；坎壈兮，貧士失職而志不平。廓落兮，羈旅而無友生；惆悵兮，而私自憐。燕翩翩其辭歸兮，蟬寂漠而無聲；雁廱廱而南游兮，鵾鷄啁哳而悲鳴。獨申旦而不寐兮，哀蟋蟀之宵征。征亦鳴也。以其不息，有似夜鳴。時亹亹而過中兮，蹇淹留而無成。此送別屈原再放沅中也。

悲憂窮慼兮獨處廓，有美一人兮心不繹。去鄉離家兮徠遠客，言國無同志，雖來如客。超逍遥兮今焉薄。言今再被放，更無止泊也。專思君兮不可化，君不知兮可奈何。蓄怨兮積思，心煩憺兮忘食事。食事，守職之詞。語曰：「事君，敬其事而後其食。」願一見兮道余意，君之心兮與余異。車既駕兮朅而歸，車駕，事欲行也。朅，去也。去之而歸，謂再召復放。不得見兮心傷悲。倚結軨兮長太息，軨，車轓間横木。記曰：「展軨效駕。」將行則展之，未行猶結之也。倚之者，宋玉也。不欲其行，故倚之太息，自傷不能留原。涕潺湲兮下霑軾。忼慨絶兮不得，中瞀亂兮迷惑。私自憐兮何極，心怦怦兮諒直。諒，助也。助正直之臣。

皇天平分四時兮，竊獨悲此凜秋。言危亡雖天運，而己身逢之，不能不悲也。白露既下百艸兮，奄離披此梧楸。去白日之昭昭兮，襲長夜之悠悠。離芳藹之方壯兮，余萎約而悲愁。芳藹，喻賢才也。秋既先戒之以白露兮，冬又申之以嚴霜。收恢炱之孟夏兮，然欿傺而沈藏。葉菸邑而無色兮，枝煩挐而交横。顔淫溢而將罷兮，柯彷彿而萎黄。萷櫹槮之可哀兮，形銷鑠而瘀傷。惟其紛糅之將落兮，恨其失時而無當。掔掔，同牽。騑轡而下節兮，聊逍遥以相佯。歲忽忽而遒盡兮，恐余壽之弗將。悼余生之不時兮，逢此世之俇攘。澹容與而獨倚兮，蟋蟀鳴此西堂。心怵惕而震盪兮，何所憂之多方。仰明月而太息兮，步列星而極明。

竊悲夫蕙華之曾敷兮，紛旖旎乎都房。何曾華之無實兮，從風雨而飛颺。以爲君獨服此蕙兮，羌無以異於衆芳。閔奇思之不通兮，將去君而高翔。心閔憐之慘悽兮，願一見而有明。重不怨而生離兮，中結軫而增傷。豈不鬱陶而思君兮，君之門以九重。猛犬狺狺而迎吠兮，關梁閉而不通。皇天淫溢而秋霖兮，后土何時而得漧。塊獨守此無澤兮，仰浮雲而永歎。

何時俗之工巧兮，背繩墨而改錯。卻騏驥而不乘兮，策駑駘而取路。當世豈無騏驥兮，誠莫之能善御。見執轡者非其人兮，故跼跳而遠去。鳧鴈皆唼夫梁藻兮，鳳愈飄翔而高舉。圜鑿而方枘兮，吾固知其鉏鋙而難入。衆鳥皆有所登棲兮，鳳獨惶惶而無所集。願銜枚而無言兮，嘗被君之渥洽。太公九十乃顯榮兮，誠未遇其匹合。謂騏驥兮安歸，謂鳳皇兮安棲。變古易俗兮世衰，今之相者兮舉肥。騏驥伏匿而不見兮，鳳皇高飛而不下。鳥獸猶知懷德兮，何云賢士之不處。何云，猶何怪也。衆皆云屈不當自絶，故爲解之。驥不驟進而求服兮，鳳亦不貪餧而忘食。君棄遠而不察兮，雖願忠其焉得。欲寂寞而絶端兮，竊不敢忘初之厚德。獨悲愁其傷人兮，馮鬱鬱其安極。此皆爲原述志之詞。霜露慘悽而交下兮，心尚幸其弗濟。言原見疏，懷王始客；國事已危，猶可濟也。霰雪雰糅其增加兮，乃知遭命之將至。願徼幸而有待兮，泊莽莽兮與壄艸同死。言放不可久，懼終死於外。願自往而徑游兮，路壅絶而不通。自往逕游，一作「自直徑往」。聞運謂「游」當作「逝」，隸書誤也。抽思曰「願徑逝而不得」。言讒邪蔽鄣，己情不能達。欲循道而平驅兮，又未知其所從。循道平驅，守官奉職而已，亦是亂世之一法。然居位必有可從，此時君相無可從也。然中路而迷惑兮，自壓按而學誦。性愚陋以褊淺兮，信未達兮從容。性愚陋，玉自謂也。從容，舉止也。言屈原此去，將欲自誦，己愚未達此舉，不欲其誦也。九章故曰惜誦致愍。

竊美申包胥之氣盛兮，屈原欲合齊擯秦，玉以爲無成，故諫其不固也。恐時世之不固。何時俗之工巧兮，滅規榘而改鑿。獨耿介而不隨兮，願慕先聖之遺教。志既不申，俗又難諧，惟有隱居可終老也。處濁世而顯榮兮，非余心之所樂。與其無義而有名兮，甯窮處而守高。食不媮而爲飽兮，衣不苟而爲温。竊慕詩人之遺風兮，願託志乎素餐。蹇充倔而無端兮，充，滿。倔，詘也。記曰「充詘於富貴」。言或驕或諂。泊莽莽而無垠。無衣裘以禦冬兮，衣裘，喻官位也。食以譬品節。身心之學，不隨世爲盛衰，人不患無食也。亂世無位，則不能免難。恐溘死而不得見乎陽春。

靚杪秋之遥夜兮，心繚悷而有哀。繚悷，矯弗之意。春秋逴逴而日高兮，然惆悵而自悲。四時遞來而卒歲兮，陰陽不可與儷偕。言興亡天運，而人臣不可與之推移。白日晼晼其將入兮，明月銷鑠而減毁。歲忽忽而遒盡兮，老冄冄而愈弛。弛，猶馳也。或以老而弛惰，欲及時陳力。古人文緩，押句不尚巧力，其義非也。心摇悦而日幸兮，然怊悵而無冀。中憯惻之悽恰兮，長太息而增欷。年洋洋日以往兮，老嵺廓而無處。事亹亹而覬進兮，蹇淹留而躊躇。

何氾濫之浮雲兮，猋壅蔽此明月。忠昭昭而願見兮，然陰曀而莫達。願皓日之顯行兮，雲濛濛而蔽之。日，喻懷王。月，喻頃襄。竊不自聊而願忠兮，或黕點而汙之。堯舜之抗行兮，瞭冥冥而薄天。堯舜禪讓，喻懷王傳子。瞭，昭。冥，闇也。頃襄代立，事非暗昧也。何險巇之嫉妒兮，被以不慈之僞名。讒者言王返不利嗣君，王以此不返。原以是見放，故玉陳其事，而屈原采之作九章。彼日月之照明兮，尚黯黮而有瑕。何況一國之事兮，亦多端而膠加。歎笑以廣原志也。玉雖弟子，身在事外，故其詞不迫。

被荷裯之晏晏兮，裯，單被也。晏晏，鮮明。然潢〔一〕洋而不可帶。潢洋，滉瀁也。以單被爲衣，故必以帶繫結之，而荷不可帶。喻楚徒外廣大，不可用也。既驕美而伐武兮，負左右之耿介。耿介一節之士，與頃襄謀戰者，驕美貪位，負其强大。憎愠倫之修美兮，愠倫，深静之皃。言原欲款秦結齊，爲王所憎也。好夫人之慷慨。衆踥蹀而日進兮，美超遠而逾邁。農夫輟耕而容與兮，恐田野之蕪穢。言務戰不治，國必危敗也。事綿綿而多私兮，竊悼後之危敗。世雷同而炫曜兮，何毁譽之昧昧。今修飾而窺鏡兮，後尚可以竄藏。願寄言夫流星兮，羌倏忽而難當。卒壅蔽此浮雲兮，下暗漠而無光。堯舜皆有所舉任兮，故高枕而自適。諒無怨於天下兮，心焉取此怵惕。乘騏驥之瀏瀏兮，馭安用夫强策。此解時論之惑也。頃襄本不負父，則無取怵惕自危也。原本謀反王，又何待於督責。諒城郭之不足恃兮，雖重介之何益。

邅翼翼而無終兮，忳惽惽而愁約。邅，行也。翼翼，行皃。無終，極言長流放不返。生天地之若過兮，功不成而無効。願沈滯而無見兮，尚欲布名乎天下。然潢洋而不遇兮，直怐愗而自苦。莽洋洋而無極兮，忽翺翔之焉薄。國有驥而不知乘兮，焉皇皇而更索。甯戚謳於車下兮，桓公聞而知之。無伯樂之善相兮，今誰使乎譽之？罔流涕以聊慮兮，惟著意而得之。紛純純之願忠兮，著意，九章所謂著志，志反王也。妒被離而鄣之。

願賜不肖之軀而別離兮，放游志乎雲中。乘精氣之摶摶兮，鶩諸神之湛湛。驂白霓之習習兮，歷羣靈之豐豐。左朱雀之茇茇兮，右蒼龍之躍躍。屬雷師之闐闐兮，通飛廉之衙衙。前輕輬之鏘鏘兮，後輜乘之從從。載雲旗之委蛇兮，扈屯騎之容容。以上勸原出世全身，即遠游所由作。計專專之不可化兮，願遂推而爲臧。臧，今藏字，隱也。推，因也，猶廣也。願其遂隱不反。賴皇天之厚德兮，還及君之無恙。君，謂懷王也。以懷王無恙，勸勉原去也。

【校記】

〔一〕潢，原作「横」，據章句改，下同。

楚詞釋九

王闓運注

招魂

王逸叙曰：招魂者，宋玉之所作也。招者，召也。以手曰招，以言曰召。魂者，身之精也。宋玉憐哀屈原忠而斥棄，愁滿山澤，魂魄放佚，厥命將落，故作招魂，欲以復其精神，延其年壽。外陳四方之惡，内崇楚國之美，以諷諫懷王，冀其覺悟而還之也。

此當楚去郢之後，原自沅暫歸，忽悔悟而南行，君臣相絶，流亡無所。宋玉時從東徙，聞原志行，知必自死，力不能留之，因陳頃襄奢惰之狀，託以招原，實勸其死。自潔以遺世，不得已之行。

朕幼清以廉潔兮，身服義而未沬。主此盛德兮，牽於俗而蕪穢。君子處亂濁之世，可以獨清醒，不能獨安存，是故伯夷、微子與飛廉、惡來同爲亡國臣也。上無所考此盛德兮，長離殃而愁苦。考，成也。楚已東徙，死不得爲國殤，故被禍亦愁。帝告巫陽曰：帝，喻先王也。巫山之陽，秭歸縣地，宋玉以所居自喻。「有人在下，我欲輔之。魂魄離散，汝筮予之。」筮，巫所用以通神人者。周官巫、筮同字。託言先王欲收召用原，令巫與以神靈，使不死也。巫陽對曰：「掌寱，寱，無形者也。巫之掌在精靈，如夢者耳。非能生死人之魄。上帝其難從。其，斥屈原也。君臣隔絶，中有秦兵，故難從。若必筮予之，恐後之。原時實未死，疑若可留，但恐後之不及事。謝不能復用巫陽焉。」謝，謂謝世也。死者不能復生，但可慰弔之耳。帝用其言也。

乃下招曰：魂兮歸來，去君之恒幹，何爲四方些。恒幹，常體也。言人未死，則須避禍；既已無身，何必遠游也。舍君之樂處，而離彼不祥些。不祥，兵禍也。樂處，死也。死則治亂之所不及。魂兮歸來，東方不可以託些。長人千仞，惟魂是索些。十日代出，流金礫石些。彼皆習之，魂往必釋些。歸來兮，不可以託些。東方，齊也，爲六國長，故曰「長人」。十日，喻六國不相下，合從無成。魂兮歸來，南方不可以止些。雕題黑齒，得人肉以祀，其骨爲醢些。蝮蛇蓁蓁，封狐千里些。雄虺九首，往來儵忽，吞人以益其心些。歸來兮，不可以久淫些。沅南通牂柯、昆明，出緬甸、交趾，百夷雜居，唯知掠殺，不可往也。魂兮歸來，西方之害，流沙千里些。旋入雷淵，靡散而不可止些。幸而得脱，其外曠宇些。赤螘若象，玄蠭若壺些。五穀不生，藂菅是食些。其土爛人，求水無所得些。彷徉無所倚，廣大無所極些。歸來兮，恐自遺賊些。流沙，三危之西，今藏地也。往必泝江、沫，乃後陸行，故脱雷淵，而遇螘、蠭，天問所謂命微力固者也。螘若象者，今未聞也。藂菅，青稞也。藏地通北狄、南竺，故曰廣大無極。蜀入於秦，徒自貽害也。魂兮歸來，北方不可以止些。增冰峩峩，飛雪千里些。歸來兮，不可以久些。北方則盡，楚地新亂，又多讒害原者，雖歸，終不久也。魂兮歸來，君無上天些。虎豹九關，啄害下人些。一夫九首，拔木九千些。豺狼從目，往來侁侁些。懸人以娭，投之深淵些。致命於帝，然後得瞑些。歸來，往恐危身些。上天，復仕也。木以喻賢才，拔者，棄之也。怒則目眥上豎，若從生者然。縣人者，引之上位，使不得下也；乃後擠之，則投淵矣。記曰「退人若將隊諸淵」。此述原釋階登天、見怒之狀。魂兮歸來，君無下此幽都些。土伯九約，其角觺觺些。敦脄血拇，逐人駓駓些。參目虎首，其身若牛些。此皆甘人，歸來，恐自遺災些。幽都，蓋喻楚新所徙都也。宋玉從行，親見庸佞諸臣之狀。約，短繩也。敦，團也。脄，脊背肉也。參，星名。言時大臣多欲制縛羣材，貪以肥身，怒以立威，其背團團，其目灼灼，然而血拇攫食，牛身愚拗也。魂兮歸來，入修門些。工祝招〔一〕君，背行先些。修門，長門，喻死也。延尸者卻行導之，今背行，示不忍見其死也。秦篝齊縷，鄭綿絡些。招具該備，永嘯呼些。魂兮歸來，反故居些。篝，笿也。縷，當爲簍，竹籠也。絡，即笿也。皆盛絲之器。喪具多用纊絲，故絲纊具則爲備矣。嘯呼，招魂聲。

天地四方，多賊姦些。像設君室，静閒安些。高堂邃宇，檻層軒些。層臺累榭，臨高山些。網户朱綴，刻方連些。冬有突廈，夏室寒些。川谷徑復，流潺湲些。光風轉蕙，氾崇蘭些。以上皆言葬處墳墓之象也。方連，所謂題湊也。光風，雨露後日出之風也。崇，高也。蕙蘭，墓上芳艸。氾，移也。經堂入奥，朱塵筵些。朱塵，以丹沙爲塵，壙内所用藉棺者，如堂室布筵藉坐也。砥室翠翹，挂曲瓊些。翡翠珠被，爛齊光些。蒻阿拂壁，羅幬張些。纂組綺縞，結琦璜些。此言牀帳之飾，以起下女侍飾饌之盛，刺王怠侈，因以諷諫。蓋亦有隱語告原以時事，文繁意晦，今不能悉知，但隨文釋之耳。砥室，磨礱其牆地者。翹，蓋楣額之名。曲瓊，簾帳鉤也。蒻，細蒲。阿，細布。拂壁，壁衣也。幬，禪帳也。纂似組而赤。組，綬屬；綬，韍維也。綺，文繒。縞，鮮卮精繒也。以纂組係綺縞，亦帷幕繫也。上結美玉，或奇或横，以爲流蘇。室中之觀，多珍怪些。蘭膏明燭，華容備些。言壙中然鐙，刻列嬪侍也。二八侍宿，射遞代些。九侯淑女，多迅衆些。盛鬋不同制，實滿宫些。二八，謂年十六。叔師以爲大夫有二列女樂，則下不得復言九女也。諸侯一娶九女，謂之九公子，故曰九侯女。鬋，翦髮爲飾也。容態好比，順彌代些。弱顔固植，謇其有意些。彌代，蓋世無偶之詞也。言女雖順弱，而植立强固，喻賢臣也。姱容修態，絚洞房些。蛾眉曼睩，目騰光些。靡顔膩理，遺視矊些。

離榭修幕，侍君之閒些。此四句言衆女争進，固植者退。翡帷翠帳，飾高堂些。紅壁沙版，玄玉梁些。仰觀刻桷，畫龍蛇些。坐堂伏檻，臨曲池些。芙蓉始發，雜芰荷些。紫莖屏風，文緣波些。叔師云「屏風，水葵」。今謂屏，猶㛹停也。芙蓉、紫莖，藻井之飾。文異豹飾，侍陂陁些。異，當爲車。豹飾，豹犆，大夫之車飾也。陂陀，山陵。言車駕叢侍，將葬之時也。軒輬既低，步騎羅些。蘭薄户樹，瓊木籬些。魂兮歸來，何遠爲些。屏，謂之樹籬木垣也。薄，香艸也。上言步騎，嫌當出游，故言門屏籬垣，明步騎爲送葬。

室家遂宗，食多方些。稻粢穱麥，挐黄粱些。稻，稌。粢，稷。穱，黍之稉者也。此八簋四穀，穀各二種，不宜有麥。麥蓋黍之誤耳。遂成宗聚也。言族衆來會，陳設遣奠也。大苦鹹酸，辛甘行些。肥羊之腱，臑若芳些。和酸若苦，陳吴羹些。臑，濡也。若芳，薑桂之類。此謂陳少牢之奠。胹鼈炮羔，有柘漿些。鵠酸臇鳧，煎鴻鶬些。露雞臛蠵，厲而不爽些。此豆實也。柘當爲蔗，以柘漿和味，今炙炰多用之。或者，柘漿，酸漿色如柘耳。臇，臛也。肉羹無菜曰臛。蠵，大龜也。厲、列通用字。楚人名羹敗曰爽。鶬，麋鴰，似雁而黑。鵠，似雁而黄。酸、露，亦臇臛之名也。胹，爛也。以酸在鵠下者，明鵠、鳧俱酸臇之。粔籹蜜餌，有餦餭些。瑶漿蜜勺，實羽觴些。挫糟凍飲，酎清涼些。華酌既陳，有瓊漿些。粔籹、餦餭，籩實也。廣韻引新字解訓云：「粔籹，膏環。」説文云：「饊，熬稻粻程。」然則粔籹，煎餅糁食；餦餭，熬米餳、麷蕡類也。粔籹，蓋煮糈聲轉改字。今或以角黍爲粔籹。二者皆用蜜調餡之。挫，猶杙也。酎，三重醞酒也。此於食後設酒飲、漿飲，公食大夫禮也。所以顯意諷諫。歸來反故室，敬而無妨些。敬，禮所謂「苟敬聘賓」之位。國無害之者，以其任出使之職。肴羞未通，女樂羅些。陳鐘按鼓，造新歌些。涉江采菱，發揚荷些。肴羞未通，喻事未成。女樂，謂惑聲色以遠賢。美人既醉，朱顏酡些。娭光眇視，目曾波些。被文服纖，麗而不奇些。長髮曼鬋，豔陸離些。朱顏酡，喻王怒也。娭光，眇兒，喻不明也。麗，儷也。奇，不偶也。言邪佞相比黨。二八齊容，起鄭舞些。衽若交竿，撫案下些。竽瑟狂會，搷鳴鼓些。宮庭震驚，發激楚些。吳歈蔡謳，奏大呂些。此言淫樂怠荒、兵敗東遷之事也。竿，衣架也。連衽而舞，衣若交縣於竿也。搷，當作填，本亦作闐，鼓聲也。震驚，言郢都震動驚遷也。激楚，喻楚危迫也。激，礙也。吳、蔡，東遷之地。大呂，歲終之律，言將亡也。士女雜坐，亂而不分些。放陳組纓，班其相分些。鄭衛妖玩，來雜陳些。激楚之結，獨秀先些。此述去郢後，民亂吏雜之狀也。組纓，官爵重飾，而放陳之，人得相分，言用人無序也。鄭、衛妖淫，喻羣小也。激楚，亂國之人，令尹子蘭之徒，秀出當先，任用如故也。結，舊讀爲頭髻，今謂結，聲歌之名也。菎蔽象棊，有六簙些。分曹竝進，遒相迫些。成梟而牟，呼五白些。晉制犀比[二]，費白日些。鏗鐘搖簴，揳梓瑟些。蔽，薄；棊，局也。倍勝爲牟。比，櫛具也。揳，挈也，禮謂之挎。此以六博喻六國也。楚已成梟，但當呼五國助己耳。而三晉之交不合，如制犀作箆，徒費日而無成耳。故仍縱樂，撞鼓鐘、挾瑟荒宴也。梓瑟，君瑟。娭酒不廢，沈日夜些。蘭膏明燭，華燈錯些。結撰至思，蘭芳假些。人有所極，同心賦些。酎飲盡歡，樂先故些。魂兮歸來，返故居些。此送死之詞也。燭鐙，喻長夜也。結撰至思，自言代原思之已至矣。蘭芳，言德名也。假，至也，大也。屈原名已至大，可以死之候。又人生要有所極，無不死者。故同心者，皆爲之賦招魂也。於是先日故人，皆設飲盡歡送之，反故歸真。

亂曰：獻歲發春兮汨吾南征，菉蘋齊葉兮白芷生。此記遷都之時也。哀郢曰「方仲春而東遷」。此云「南」者，以屈原南走，隱其詞。路貫廬江兮左長薄，倚沼畦瀛兮遥望博。楚東徙，欲棄江險，憑湖海以拒秦。此言其謀也。貫，通也。自陳通廬江，倚巢湖、太湖，田東海之瀕。即後都壽春，及封黃歇於蘇松之事，卒以亡國。青驪結駟兮齊千乘，懸火延起兮玄顔烝。步及驟處兮誘騁先，抑鶩若通兮引車右還。與王趨夢兮課後先，君王親發兮憚青兕。此因頃襄好田而託諷也。青驪，騆，魯頌以喻文武之臣。縣火，舉燧以召兵者。右，西也。言當還都郢也。夢澤，郢地。青兕，以喻秦軍。憚，猶仆殪也。言止此者，喻意已顯，不可奪正。朱明承夜兮時不可以淹，朱明，夏也。懷沙曰「陶陶孟夏」，屈子決死時也。皋蘭被徑兮斯路漸。湛湛江水兮上有楓，目極千里兮傷春心，魂兮歸來哀江南。斯路，去郢至陳之路也。

漸，蕪没也。楓者，江樹先青者也。望春懷國，故傷心也。

【校勘記】

〔一〕招，原作「昭」，據章句改。

〔二〕比，原作「北」，據章句改。

楚詞釋十

王闓運注

大招

王逸叙曰：大招者，屈原之所作也。或曰景差，疑不能明也。屈原放流九年，憂思煩亂，精神越散，與形離別。恐命將終，所行不遂，故憤然大招其魂。盛稱楚國之樂，崇懷襄之德，以比三王能任用賢，公卿明察能薦舉人，宜輔佐之，以興至治。因以風諫，達己之志也。

大招之作，與招魂同時。招魂勸其死，大招冀王之復用原，對私招而爲「大」也。若命已終，宜有哀情，不得盛稱侈靡。或以爲屈原招懷王，則「魂兮」、「魂兮」，大不敬矣。今定以爲景差之作，雖知頃襄之昏，而猶冀其一悟，忠厚之至也。

青春受謝，白日昭只。春氣奮發，萬物遽只。冥凌浹行，魂無逃只。魂魄歸來，無遠遥只。青春，喻嗣王也，亦以記時。白日，言王明察改悔，悉反初政，故春謝日昭也。只，語已詞也。招魂言「些」。些者，「此此」二字重文，其聲清長；只，聲蹙短也。奮發、物遽，改修政事，則臣民急奉令也。冥，玄冥。凌，冰也。秦兵下巫、黔中，如冬冰周浹行道之閒，雖走長沙，不能逃也。故仍勸屈子反國。魂兮歸來，無東無西，無南無北只。東有大海，溺水浟浟只。螭龍竝傍。流，上下悠悠只。霧雨淫淫，白皓膠只。魂乎無東，湯谷寂只。寂，讀若菽。一本云寂寥，非。魂乎無南，南有炎火千里，蝮蛇蜒只。山林險隘，虎豹蜿只。鰅鱅短狐，王虺騫只。魂兮無南，蜮傷躬只。山海經說鱅鱅，狀如犂牛，彘鳴。許慎說鰅魚，皮有文。皆不言爲毒魚也。此鰅鱅，蓋今海魚似人者，能攀覆人船。魂乎無西，西方流沙，漭洋洋只。豕首縱目，被髮鬤只。長爪倨牙，誒笑狂只。魂乎無西，多害傷只。魂乎無北，北有寒山，逴龍赩只。逴龍，天問所謂燭龍。代水不可涉，深不可測只。天白顥顥，寒凝凝只。凝，讀爲嶷。魂乎無往，盈北極只。魂魄歸來，閒以靜只。

自恣荊楚，安以定只。逞志究欲，心意安只。窮身安樂，年壽延只。魂乎歸來，樂不可言只。言召原還，令自恣所適，又得行其志，則原不死也。五穀六仞，設菰粱只。鼎臑盛望，和致芳只。內鶬鴿鵠，味豺羹只。魂乎歸來，恣所嘗只。仞，讀爲韌。柔忍之穀，今所謂稉也。五穀黏稉共十種，稻則皆美，故有六仞。加以菰粱，爲八簋。粱，即黍之稉者。稷有稰穛，則粱爲一類也。內則曰「飯：黍、稷、稻、粱、白黍、黃粱、稰、穛」，爲八簋。此加菰粱，則二黍、二稷、二稻爲六仞，合苽粱爲八簋也。臑，當爲胹，熟也。望，猶滿也。鴿，當爲合，納鵠以合鶬，二鳥共一鼎，爲鮮腊也。豺，野狗，犬腊也。犬曰羹獻。陳八簋，設七鼎，以禮屈原。言當爵禄之。

鮮蠵甘鷄，和楚酪只。醢豚苦狗，膾苴蓴只。吴酸蒿蔞，不沾薄只。魂兮歸徠，恣所擇只。此庶羞也。蓴苴，大蘘荷也。説文作「蒚葙」。李賢云：「蘘荷，葉似薑根，紅紫似芙蓉。」沾，一作沽。叔師説沾爲醲。炙鴰烝鳧，煔鶉陳只。煎鰿臛雀，遽爽存只。魂乎歸來，麗以先只。此加豆也。煔，燖也。鰿，今鯽也。遽爽，言味劇清脆也。麗先，灑洒也。四酎并孰，不歰嗌只。清馨凍㱃，不歠役只。吴醴白糱，和楚瀝只。魂乎歸徠，不遽惕只。四酎，稻、黍、粱、稷四種釀也。酒烈或歰，咽不歰者，醕也。役，當爲吺，滿口爲歠，多食爲吺。言酒清凍，不可多啜食也。糱，米麴也。瀝，漉酒器也。醴，甜酒。投以糱則清，又瀝之而後飲也。

代秦鄭衛，鳴竽張只。伏戲駕辨，楚勞商只。謳和揚阿，趙簫倡只。魂乎歸徠，定空桑只。辨，九辨，樂節名。勞，絡也。伏戲，先代樂之最古者。辨，夏樂。商，殷樂。楚，時王之樂。駕絡之者，參用之也。揚阿，即揚荷，楚曲也。空桑，方丘之琴瑟。定之者，言原能定國。二八接舞，投詩賦只。叩鐘調磬，娱人亂只。四上競氣，極聲變只。魂乎歸徠，聽歌譔只。四上，代、秦、鄭、衛歌者分行，各有上也。説文：「譔，專教也。」讀若詮。此譔，蓋歌曲之名耳。以王耽聲樂，故下陳女色，使聽覽易入，或悟悔也。朱脣皓齒，嫭以姱只。比德好閒，習以都只。豐肉微骨，調以娛只。魂乎歸徠，安以舒只。嫮目宜笑，蛾眉曼只。容則秀雅，穉朱顏只。魂乎歸徠，静以安只。姱修滂浩，麗以佳只。曾頰倚耳，曲眉規只。滂心綽態，姣麗施只。小腰秀頸，若鮮卑只。魂乎歸徠，思怨移只。叔師云：「鮮卑，衮帶頭也。」今案後漢始有鮮卑，胡種。今言「若鮮卑」，疑當時已有此國。易中利心，以動作只。粉白黛黑，施芳澤只。長袂拂面，善留客只。魂乎歸徠，以娛昔只。易、利，言柔媚也。昔，夕也。青色直眉，美目媔只。靨輔奇牙，宜笑嘕只。豐肉微骨，體便娟只。魂乎歸徠，恣所便只。

夏屋廣大，沙堂秀只。南房小壇，觀絶霤只。曲屋步櫚，宜擾畜只。騰駕步游，獵春囿只。沙，丹沙也。觀樓，類今坊制似之，但觀可登游耳。絶霤在門霤之上，巍然高絶也。擾畜，謂馬也。言獵不必遠出，可由觀至囿，以諷諫頃襄。瓊轂錯衡，英華假只。茝蘭桂樹，鬱彌路只。魂乎歸徠，恣志慮只。假，假也。瓊，赤色。錯，鏤金，君車飾也。英華假，言光輝照遠。孔雀盈園，畜鸞皇只。鵾鴻羣晨，雜鶖鶬只。鴻鵠代游，曼鷫鷞只。魂乎歸徠，鳳皇翔只。鷫鷞，西方鳳也。曼，引也。鳳皇，喻君。言得賢則翔。曼澤怡面，血氣盛只。永宜厥身，保壽命只。室家盈庭，爵禄盛只。魂乎歸徠，居室定只。言原年未老，族蓋大，可倚用也。接徑千里，出若雲只。三圭重侯，聽類神只。察篤夭隱，孤寡存只。魂兮歸徠，正始昆只。接徑，猶交道也。言楚國當先内治，政令如出雲，不崇朝千里也。三圭重侯，蓋楚執圭以下三等爵比諸侯者。聽神類神，言祀得神佑也。篤，厚也。隱，痛也。昆，後也。始昆，猶言始終。楚新被兵，以弔死問生爲急。

田邑千畛，人阜昌只。美冒衆流，德澤章只。先威後文，善美明只。魂乎歸徠，賞罰當只。冒，茂也。書曰「釗武王惟冒」。名聲若日，照四海只。德譽配天，萬民理只。北至幽陵，南交阯只。西薄羊腸，東窮海只。魂乎徠歸，尚賢士只。言用原之效也。羊腸，邛阪也。幽陵，蓋所謂楚北境陘塞也。四境皆楚地所至。尚賢，謂爲之長也。楚國衆士待原而舉。發政獻行，禁暴苛只。舉傑壓陛，誅譏罷只。直贏在位，近禹麾只。豪傑執政，流澤施只。魂乎徠歸，國家爲只。贏，猶正也。禹麾，未聞。叔師說夏禹舉賢也。雄雄赫赫，天德明只。三公穆穆，登降堂只。諸侯畢極，立九卿只。昭質既設，大侯張只。執弓挾矢，揖辭讓只。魂乎徠歸，尚三王只。此言楚大臣皆宜更選賢也。登降，射禮也。質，澤宮所射。大侯，射宮所射。凡選貢士，必先射於澤，然後射於射宮。言三公諸侯九卿，必當新選用，然後召屈原，乃能上配三王也。

楚詞釋附十一

王闓運注

高唐賦

高唐賦者，宋玉之所作也。舊以高唐爲雲夢之臺。今案：高唐邑在齊右，雲夢澤在南郢，巫山在夔。三地相去五千餘里，合而一之，文意淆亂，由不知賦意故也。古今文人設詞衆矣，至於晝幸婦人，公薦枕席，於文不足增詞彩，於理徒以爲穢亂。虛作此言，果何爲哉？蓋嘗登巫山，望秭歸，臨夔門，汎夏水，深求秦、楚强弱之故。讀離騷、悲回風之篇，得屈子之忠謀奇計，在據夔、巫以遏巴、蜀，使秦舟師不下，而後夷陵可安，五渚不被暴兵；東結强齊，争衡中原，分秦兵力，楚乃得以其暇，招故民，收舊地，扼長江，專峽險。良謀不遂，頃襄棄國，秦師并下，貞臣走死。弟子宋玉之徒，崎嶇從遷，假息燕幕，畜同俳優，不與國謀。然坐見危亡，追思遠謨，雖勢無可爲，而别無奇策，乃後歎息，竊泣哀楚之自亡也。

情不得已，因遂作賦。首陳齊、楚婚姻之交，中述巴、蜀出峽之危，末陳還都夔、巫之本計。言不顯則意不見，故直以幸女立廟，明當昏齊，申屈子之奇謀，從彭咸之故宇。後有知者，明楚之所以削，秦之所以霸，然後服達士之遠見，申沈湘之孤憤矣。

昔者楚襄王與宋玉游於雲夢之臺，望高唐之觀。此蓋遷秦以後之作，去郢久矣，故言「昔者」。「襄王」字後加之。玉自題宋，或干可言楚，以當傳之後來，不得但稱王、玉也。游雲夢，望高唐，言楚當求齊也。齊、楚從親，懷王惑張儀之間，折符閉關，是其曲在楚。其上獨有雲氣，雲觸石而合，不從朝而雨，以喻君改教也。崒兮直上，喻强大能自立。忽兮改容，須臾之閒，變化無窮。喻結齊之好不終，乃改而入秦，見欺於秦，又求好於齊，反覆俄頃，忽合忽離也。王問玉曰：「此何氣也？」玉對曰：「所謂朝雲者也。」王曰：「何謂朝雲？」玉曰：「昔者先王嘗游高唐，怠而晝寢，疑齊不可恃也。朝，猶初也。言昔年結好之國在楚東，爲西方所瞻望者。詩曰「朝隮于西」，亦謂齊也。先王，懷王也。嘗結齊，相會盟也。怠，言意倦也。晝不當寢，喻行事失節。夢見一婦人，曰：『妾，巫山之女也。女，始嫁之稱也。巫山，楚望。言本許嫁爲楚妃也。爲高唐之客。客，託也。好絶不能終，復還託於高唐。齊、楚絶也。聞君游高唐，願薦枕席。』進枕席者，女御之職。言齊、楚復通，當結昏姻。王因幸之。去而辭曰：『妾在巫山之陽，高丘之岨。正妃匹之名也。辭，猶諫也。去，去齊也。結齊所以强楚，當還國謀長計。既得齊歡，當進居故都，從先君舊封。祖宗陵墓皆在夔、巫，故妃后亦當在巫陽，倚高丘之阻以自固。言地險可拒秦也。旦爲朝雲，暮爲行雨。暮，晚也。從初所行，則後釋疑，而和如雨也。朝朝暮暮，陽臺之下。』旦朝視之，如言。故爲立廟，號曰朝雲。」王曰：「朝雲始出，狀若何也？」玉對曰：「其始出也，㬨兮若松榯。言故都永不可棄，當朝暮守之也。陽，巫山陽也。臺，高丘也。女配祖考，然後得立廟。言楚宗廟在巫山陽也。言初結齊好，乃保宗廟之計也。若何者，問其利便及終絶之故。㬨，配也。榯，種藝之名。書曰「播蒔百穀」。松不改柯易葉。二國相配，則植久遠之國。其少進也，晰兮若姣姬揚袂鄣日而望所思。少進，謂讒間稍進也。晰，分析皃。姣姬，鄭袖也。日，喻懷王也。所思，貪秦地也。蔽君之明，而望得地。忽兮改容，偈兮若駕駟馬，建羽旗。言絶齊通秦也。駟馬羽旗，君乘車也。偈，車行皃。詩曰「匪車偈兮」。駕建疾行，言悔不可追也。湫兮如風，淒兮如雨。風止雨霽，雲無處所。」湫淒，寒慘之皃，喻國危也。止霽，喻罷兵也。朝雲無安處之所，言夔、巫皆入秦也。王曰：「寡人方今可以游乎？」言昔事已非，今復欲事齊，恐不可得。玉曰：「可。」王曰：「其何如矣？」嫌怨已成，如何而可改也。玉曰：「高矣顯矣，臨望遠矣。廣矣普矣，萬物祖矣。高顯，言君得位行政，海内所共見也。臨望遠，言求好於齊。萬物祖，謂出宗也。齊地廣博，可爲從長也。上屬於天，下見於淵。言約信也。珍怪奇偉，不可稱論。」厚幣以結之也。王曰：「試爲寡人賦之。」玉曰：「唯唯。」

惟高唐之大體兮，殊無物類之可儀比。巫山赫其無疇兮，道互折而層累。儀，匹也。齊大國，不求援於人，故無匹比。楚亦不求齊，故無儔侣。今欲合從相親，其道舛互曲折，層累至多。言羣相阻閒。以下專述巫山，不及高唐，喻意已顯，惟陳地險也。登巉巖而下望兮，臨大坻之稸水。坻，抵也。高山峻崖，水抵不溢，則稸爲深淵。言巫山臨江水，無涸竭時。遇天雨之新霽兮，觀百谷之俱集。濞洶洶其無聲兮，潰淡淡而竝入。乘夏水而下江，四日而至郢，故尤畏天雨谷集也。濞，水暴至皃。洶洶，涌也。涌而又無聲，喻敵暴至而不及知。淡淡，摇皃。潰、入，喻敵來不勝防也。滂洋洋而四施兮，蓊湛湛而弗止。長風至而波起兮，若麗山之孤畝。四施，言出峽則可縱兵也。蓊，聚皃。兵雖四散，登岸相聚，又不可止。凡與敵共水險之勢，如此孤畝，遇水則蕩滌無遺。言巫山不復能阻固。勢薄岸而相擊兮，隘交引而卻會。水軍登岸，兵交相擊，則被迫於隘而致死，必能卻我會合之師。崪中怒而特高兮，若浮海而望碣石。崪，危皃。中怒，言君見敗而怒也。特，孤也。君既孤立，又高居深宫，不能親戰事，如浮海，登岸終無倚薄。礫磥磥而相摩兮，巆震天之礚礚。巨石溺溺之瀺灂兮，沫潼潼而高厲。水澹澹而盤紆兮，洪波淫淫之溶潏。奔揚涌而相擊兮，雲興聲之霈霈。猛獸驚而跳駭兮，妄奔走而馳邁。虎豹豺兕，失氣恐喙。鵰鶚鷹鷂，飛揚伏竄。股戰脅息，安敢妄摯。此皆喻秦兵之暴，楚敗之狀。喙，息也。於是水蟲盡暴，乘渚之陽；黿鼉鱣鮪，交積縱横。振鱗奮翼，蜲蜲蜿蜿，中阪遥望。言緣江居民被兵流亡，望救之意也。玄木冬榮，煌煌熒熒，奪人目精。爛兮若列星，曾不可殫形。玄木林樹，年久色深，碧者煌熒，天光所映也。若列星者，稀疏的歷也。巫陽舊臣，與國同犖落，今亦被秦禍。榛林鬱盛，葩葉覆蓋。雙椅垂房，糾枝還會。徙靡澹淡，隨波闇藹。東西施翼，猗狔豐沛。緑葉紫裹，丹莖白蔕。纖條悲鳴，聲似竽籟。清濁相和，五變四會。榛，女摯。椅，琴材。喻后妃聲色也。豐沛，豐茸沛艾也。必言緑紫諸色者，明此爲女色喻也。五，五音。四，四方。悲鳴無依，言不能保其家室。感心動耳，迴腸傷氣。孤子寡婦，寒心酸鼻。長吏隳官，賢士失志。愁思無已，歎息垂淚。登高遠望，使人心瘁。言吏士民衆，俱愁苦不安。盤岸巑岏，裖陳磑磑。裖，讀爲「均服裖裖」〔一〕之裖〔二〕，兵服也。陳，今作陣。磑磑，堅相持之皃。此下言陳兵倚險，據巫之利，可自固也。盤石險峻，傾崎崖隤。傾，側也。崖，高邊也。崎，即倚。傾者倚，崖者積，倚山險也。巖嶇參差，從横相追。言敵兵可驚而走。陬互横啎，背穴偃蹠，交加絫積，重疊增益。狀若砥柱，在巫山下。陬，隅也。互，收繩器也，亦作「梐枑」之枑，與拒同意。啎，逆也。言據險待敵，可隅拒之，可横逆之，可背穴之，以偃仆其所蹠蹈，則我兵閒暇，日有加增，可砥柱支强秦也。

仰視山顛，肅何芊芊，炫燿虹蜺。山顛，喻君位也。芊芊，一作䍿䍿，山谷青也。虹蜺，祲氣，喻敵兵也。俯視崝嶸，窒寥窈冥。不見其底，虛聞松聲。傾岸洋洋，立而熊經。崝嶸，從高視下，但見艸木也。窒，空也。松以喻國勢，上所謂「松栭」也。熊經，望遠之皃。言楚國雖空虛，猶可張聲勢，怖遠人也。久而不去，足盡汗出。悠悠忽忽，怊悵自失。言秦兵即來，不能久相持。使人心動，無故自恐。賁育之斷，不能爲勇。言敵兵入險，將自驚而走。卒愕異物，不知所出。縱縱莘莘，若生於鬼，若出於神。狀似走獸，或象飛禽，譎詭奇偉，不可究陳。上至觀側，地蓋底平。言設伏出奇，應敵無方也。觀，高唐觀也。底，今作砥。言結齊無東顧之患，道路平夷也。箕踵漫衍，芳艸羅生。秋蘭茝蕙，江離載菁。青荃射干，揭車包并。箕踵，箕星二距，喻隘口也。漫衍，虎牙、荊門以下，出險平夷地也。芳艸七種，喻賢人也。外禦敵，內用賢，則國振矣。薄艸靡靡，聯延夭夭。越香掩掩，衆雀嗷嗷。雎雄相失，哀鳴相號。王雎鸝黃，正冥楚鳩。姊歸思婦，垂雞高巢，其鳴喈喈。掩掩，藹藹也。衆雀，喻羣小。雎羣者，嬖御也。嗷嗷，哀號不得復進也。王雎、正冥，摯鳥也。正冥，月令所謂征鳥，齊人謂之擊征。鸝黃，楚雀，倉庚。楚鳩，鶻鵃，今斑鳩也。四鳥皆后夫人之象，言當求賢妃也。姊歸，子巂，蜀王望帝所化；亡去，故思婦也。垂雞，雓鴟，鷹類。喈喈，和也。姊歸、雓雞，言失國者得搏鷙，喻楚復强也。子當千年，萬世遨遊。更唱迭和，赴曲隨流。「子當」二句，一本云「當年遨遊」。此言永守巫，隨宜以應敵也。有方之士，羨門高谿。上成鬱林，公樂聚穀。進純犧，禱璇室，醮諸神，禮太一。傳祝已具，言辭已畢。記曰：「隆禮由禮，謂之有方之士。」漢書郊祀志：「羨門，南燕人。」史記秦始皇「求羨門、高誓」。「上成鬱林」以下四仙人，皆未詳也。得賢以延國，猶得道以延年，故以六仙人爲有方矣。純犧，宗廟所用牲。琁室，即瓊室。瓊，赤玉也。言辭已畢者，都巫、任賢而已。王乃乘玉輿，駟蒼螭，垂旒旌，旆合諧。紬大弦而雅聲流，冽風過而增悲哀。於是調謳，令人惏悷憯悽，脅息增欷。旆者，將行旆旗也。合諧者，上下同心，還都巫也。大絃，喻君也。楚雖可存，屈原已死，悲其謀之不用，故終返於悲懼。於是乃縱獵者，基趾如星。傳言羽獵，銜枚無聲。弓弩不發，罘罟不傾。涉莽莽，馳苹。飛鳥未及起，走獸未及發，何節奄忽，蹶足灑血，舉功先得，獲車已實。頃襄務戰，故又言兵事。明據巫險，則不勞一矢，而可涉馳其境。秦兵未及起，而可以襲之矣。何節，猶應節也。或者謂荷節以起兵。荷，猶擔也。王將欲往見之，必先齋戒。差時擇日，簡玄服，建雲旆，蜺爲旌，翠爲蓋，風起雨止，千里而逝。蓋發蒙，往自會。以上所陳，皆當先結齊昏，故必先齋戒也。玄服，玄冕服。記曰：「玄冕齊戒，鬼神陰陽也。」雲旆、蜺旌、翠蓋，君車也。蓋，盍也，何不也。蒙，蔽也。二國不和，爲讒邪誤國交欺所蔽，當發去之。自往會齊，結盟也。簡玄服，本作「簡與玄服」，未詳何字誤。思萬方，夏國害。開賢聖，輔不逮。九竅通鬱，精神察滯，延年益壽千萬歲。終顯正意，以切諫王也。萬方雖廣，國害至近，不能通鬱察滯，九竅精神且猶無用，豈賢聖之能輔乎？國見亡而不知所由，歎息於年壽也。

【校勘記】

〔一〕「均服裖裖」，左傳僖公五年作「均服振振」。

〔二〕「裖」，原作「均」，據文義改。

圖書在版編目(CIP)數據

楚辭釋 /（清）王闓運撰;黄靈庚點校. —上海:
上海古籍出版社，2019.11
（楚辭要籍叢刊）
ISBN 978-7-5325-9378-1

Ⅰ.①楚…　Ⅱ.①王…②黄…　Ⅲ.①楚辭—注釋
Ⅳ.①I222.3

中國版本圖書館CIP數據核字(2019)第228062號

楚辭要籍叢刊
楚辭釋
［清］王闓運　撰
黄靈庚　點校
上海古籍出版社出版發行
（上海瑞金二路272號　郵政編碼200020）
(1) 網址：www.guji.com.cn
(2) E-mail：guji1@guji.com.cn
(3) 易文網網址：www.ewen.co
上海展强印刷有限公司印刷
開本850×1168　1/32　印張4　插頁4　字數65,000
2019年11月第1版　2019年11月第1次印刷
印數：1—3,100
ISBN 978-7-5325-9378-1
I·3435　定價：22.00元
如有質量問題，請與承印公司聯繫
021-66366565